AF414436

Le reflet du thé

Isabelle Morot-Sir

Autres ouvrages
Aux éditions Publibook

À l'aube du soleil vert, 2003

La Fleur bleue, 2004

Attention ! Un train peut en cacher un autre, 2005

El Matador, 2005

De lettres en lettres… Année 1912, 2006

Journal personnel et intime d'une nouvelle
Zingara, 2007

El Matador 2, 2013

La Citadelle des Dragons, 2014

Le journal de Lorelei, 2014

El Matador 3, 2015

De lettres en lettres… année 1925, 2015

La fleur de l'ombre, 2016

Éditions Indépendantes

Une histoire de coquelicot, 2017

La citadelle dans la montagne, 2017

Les carnets de Lou-Anne, la Louve, 2017

El Matador 4, 2018

Sans relâche, 2018

Les Citadelles T1 & 2, 2018

El Matador : l'intégrale, 2018

Les carnets de Lou-Anne, La Questrice, 2018

Le journal de Lorelei, 2019

Sans peur et sans reproche, 2019

Unis pour la vie, 2019

À l'aube du soleil vert, 2020

Un ange dans ta vie, 2020

Les carnets de Lou-Anne, Vendetta, 2020

*« Nous sommes payés comme porteurs de besoins
et non pas comme producteurs de valeur :
à l'évidence, un tel salaire
est un instrument d'aliénation et d'exploitation. »*
Bernard Friot

*« Moins de haine, moins de guerre,
Moins de larmes et moins de sang,
Moins d'espoir d'être puissant,
Moins de pouvoir et moins d'argent,
Et plus de sentiments. »*
Michel Berger

CHAPITRE 1

Cors sonnants sur les terres,

— Je ne veux pas être là, je ne veux pas être là…, murmurait-elle entre ses dents, les mains moites et l'œil rivé à la lunette.

Un vent d'ouest effleurait ses mèches à la blondeur de folle avoine, frôlant les hautes graminées qui l'entouraient. Faisant frissonner une pâquerette, il emportait avec lui un papillon aux ailes d'or.

— Je ne veux pas être là, répéta-t-elle tandis qu'une goutte de sueur perlait sur son front.

Elle percevait la tiédeur de la terre sous son corps, la douceur du vent, l'arôme des plantes froissées. En de tout autres circonstances, elle aurait pu rester là des heures, regardant le passage des nuages ou guettant la sortie d'un renard, l'envol d'une poule faisane.

Mais pas aujourd'hui. Pas aujourd'hui. Elle sentait un caillou lui rentrer dans les côtes, mais elle ne cherchait pas à se soustraire à cet inconfort. Ne pas bouger. Attendre. À peine respirer.

Elle se concentra sur sa lunette. Au loin, là-bas, des hommes allaient et venaient, inconscients de sa présence.

— Je ne veux pas être là ! hurla-t-elle dans sa tête cependant qu'aucun son ne franchissait ses lèvres closes.

Elle ferma les yeux.

Il y avait un an jour pour jour, elle se préparait à la cérémonie de la remise des diplômes de fin de scolarité. C'était un moment si attendu… Aujourd'hui, une année plus tard, elle était là, couchée dans ce champ, observant ces hommes.

Comment la vie avait-elle pu tourner de cette façon ?

La guerre bien sûr.

Ce mot, à lui seul, résumait tout.

À cause de lui, elle était là, allongée dans cette herbe sèche à attendre. Attendre. Attendre le bon moment.

Soudain, un coup de sifflet strident retentit. Elle en ignorait toute la signification et, quelque part, peu lui importait.

L'œil rivé à la lunette, sans ciller, le cœur battant de plus en plus fort, de plus en plus vite, elle ne quittait pas l'homme au sifflet.

Il se tourna vers elle, la regardant en face, même si c'était impossible.

Elle vit ses yeux bleus, si bleus, du même bleu limpide que ce ciel printanier.

Elle ne pouvait pas faire ça. Elle ne pouvait pas. Malgré la distance, elle apercevait chaque détail de son visage : le pli dubitatif de ses lèvres, celui plus interrogateur de ses sourcils froncés au-dessus de son regard de printemps. Une coupure, fraîche et infime sur son menton, provenant d'un rasage matinal trop hâtif, alors que les boutons de sa vareuse grise, impeccables malgré la chaleur, reflétaient un rayon de soleil.

Elle ne voulait pas être là, mais elle y était et elle ne pouvait faire autrement.

Une larme roula sur sa joue pâle alors que, le regard brouillé, elle fit ce pour quoi elle était ici, couchée dans cette poussière et sur ce caillou. Entre deux battements de cœur, avec une précision parfaite, elle appuya sur la gâchette. La balle fila dans un claquement sec, l'officier là-bas ne comprit pas. Il pirouetta dans une gerbe de sang, avant de s'écrouler dans un cri, du moins imagina-t-elle son hurlement de souffrance. Avec la distance, il lui était impossible de l'entendre, évidemment…

À la fois tétanisée d'horreur et brisée par son geste, elle s'effondra, sanglotant le visage appuyé contre la crosse bizarrement douce de son fusil.

Elle avait soudain l'impression d'être morte elle aussi, en même temps que cet homme dans les lignes adverses. Comment s'habituer… comment pourrait-elle ?

Elle ne voulait pas être là, elle ne voulait pas de la guerre dans sa vie, pas plus qu'elle ne souhaitait apporter la mort ! Elle ne voulait que s'allonger dans les fleurs et suivre le cours lent des nuages…

Elle sentit quelque chose lui tapoter l'épaule. Elle releva la tête, le visage baigné de larmes, bien trop hébétée pour réagir. Par chance ce n'était que Folder qui, inquiet, se penchait sur elle :

— Allez, viens ! Grouille ! Faut pas rester là !

Machinalement elle ramassa son arme, avant de le suivre en rampant.

Quelques minutes plus tard, ils parvenaient en courant à un village. Elle n'agissait plus qu'à l'instinct, le regard planté sur le dos de son binôme, dont les épaules, aussi larges que celles d'un taureau, tendaient sa veste beige, couverte de terre et d'herbes.

Ils allèrent se présenter à leur supérieur. Sans cérémonie, Folder entra dans la baraque dont la porte était ouverte. Il se planta au garde à vous sans se préoccuper de maculer le plancher de boue. Dévastée, elle le suivit, saluant à son tour leur commandant, assis derrière un bureau surchargé de cartes et de dossiers.

— Cibles détruites commandant, laissa tomber Folder, son imposante carcasse occupant soudain tout l'espace.

L'officier les considéra l'un et l'autre d'un œil perçant, sans rien dire. Elle jeta un bref coup d'œil à son binôme, horrifiée, prête à vomir. Des cibles. Des cibles, voilà tout ce qu'était cet homme que sa balle avait emporté ? Elle revoyait son regard bleu, son regard printanier. Elle frémit, repoussant un nouveau haut-le-cœur. Sans doute avait-il une famille, une femme, des enfants qui sait, et il n'était qu'une cible ?

Non, décidément elle ne voulait pas être là !

— Caporale Osbern ! s'écria le commandant tout en la dévisageant, sans trop d'aménité.

Elle se figea, raide, tentant de maîtriser la houle d'émotions qui la submergeait.

— Oui commandant !

Il la considéra quelques secondes de son œil gris, perçant, avant de lâcher à mi-voix :

— Notre tâche est difficile Osbern, mais nous n'avons nul choix…

Elle serra les dents, s'efforçant de copier le calme de Folder.

— Je le sais commandant…

— Sergent Asgeïr, laisse-nous !

Folder salua avant de sortir, la laissant seule, démunie face à l'officier.

— Quel âge as-tu caporale ?

Prise de court par la question, elle bredouilla :

— J'aurai bientôt 19 ans commandant.

— Tu étais volontaire pour ce poste ?

Elle déglutit avec difficulté, avant d'oser lâcher dans un souffle.

— Non. J'ai été testé B12, donc apte au service sous uniforme en cas de conscription. Puis lors de la mobilisation, l'année dernière, j'ai été sélectionnée dans les tireurs d'élite.

— Je vois.

Il soupira avant de dire :

— Je comprends. Nos affectations ne dépendent pas de nous, mais de nos capacités.

— Je sais commandant ! Mais… Mais abattre d'autres êtres humains, comme ça, je ne veux pas !

— Tu as le choix de tuer ou non, mais si toi tu ne le fais pas, qui le fera ? Qui défendra ceux qui comptent sur nous ? Qui défendra ta mère ? Tes sœurs ? Tes amies ? Mes filles ? Qui ?

Sans qu'elle s'en rende compte, des larmes coulaient sur ses joues pâles, creusant des sillons dans la poussière accumulée. Sans s'arrêter à son émotion, le commandant poursuivit :

— Nous ne sommes pas nombreux, face aux armées du Vikmund, chaque soldat, chaque cartouche compte. Va boire une bière avec ton sergent et oublie toute notion d'humanité : en face ils n'auront pas tes scrupules. Crois-tu qu'ils en ont eu vis-à-vis des populations du Biscantin ?

Elle n'avait qu'une vague connaissance des événements, mais elle avait entendu parler, comme tout le monde, des massacres des civils qu'il y avait eus dans l'état voisin, à présent tombé sous la coupe des armées du Vikmund. Réalité ou propagande, qui pouvait le savoir ? Pas elle en tout cas !

Elle bredouilla un vague « oui commandant » avant de saluer et de sortir d'un pas mal assuré. Folder l'attendait, appuyé contre un tas de sacs de sable, fumant une cigarette sans s'en faire. La voyant aussi bouleversée, il fouilla ses poches, en sortit un mouchoir étonnamment propre et le lui tendit sans un mot. Elle s'essuya les yeux, se moucha, le remercia d'un sourire hésitant. Les paroles de l'officier faisaient peu à peu leur chemin. Elle savait que la situation dans laquelle ils étaient plongés, tous, était binaire : se battre ou baisser les bras.

D'un coup de talon, il écrasa son mégot puis, la prenant par un bras, il l'entraîna jusqu'à la cantine. Leurs fusils de précision toujours à l'épaule, ils s'installèrent à une table libre, tandis que les autres soldats les dévisageaient.

Elle venait à peine d'arriver dans cette unité, qu'elle avait déjà compris combien son statut de tireur était ambigu, dérangeant, même pour les autres soldats ! Cela aussi, elle devrait l'accepter. Par chance elle était tombée sur Folder Asgeïr, le meilleur binôme dont elle aurait pu rêver. Du haut de ses presque deux mètres et de sa corpulence d'ours, il s'occupait d'elle avec une douceur réconfortante. Cela faisait déjà un an qu'il tenait ce poste, son précédent binôme venant de se faire tuer, elle le remplaçait. Dans une autre vie, celle où il ne se tenait pas en embuscade derrière un fusil, il venait d'une petite ville minière du centre du pays, où il se passionnait, entre autres, pour la conduite de camions. Aujourd'hui il était sergent, il avait laissé sa famille, ses nombreuses conquêtes et, une chope à la main, il tentait de lui redonner le sourire.

CHAPITRE 2

Foulant les primevères,

Ce soir-là, allongée dans son lit de camp, inconfortable, mais rassurant, bercée par les ronflements des gars de l'unité où elle était à présent affectée, elle ferma les paupières, cherchant un sommeil qui la fuyait. Elle revivait son tir, brouillon et, si elle s'en voulait d'avoir abrégé net la vie de cet homme au regard de printemps, elle se reprochait aussi de l'avoir fait de manière confuse. Peut-être avait-il souffert... Ça, elle ne pourrait se le pardonner. Elle devrait, à l'avenir, être plus attentive, plus efficace. En venant attaquer son pays, le Snofjell, paisible colosse de glace blotti derrière ses montagnes, ces soldats avaient signé leur arrêt de mort en même temps que leur incorporation ! Ça, elle n'y pouvait rien !

Elle remonta la couverture en laine rude sur ses épaules. Elle n'avait pas froid, pourtant des frissons la parcouraient tout entière. Elle se mordit les lèvres afin de ne pas hurler : ainsi ce serait ça, sa vie à présent ? Abattre le plus proprement possible des « cibles » ?

Avec rage, elle retint des larmes qui ne demandaient qu'à l'inonder. Pourquoi ces stupides soldats venaient-ils les agresser ? Qu'ils retournent dans leur petit pays et qu'ils les laissent tranquilles !

Elle se mordit les lèvres afin de maîtriser sa colère, son désarroi. Merde ! Ils avaient déclaré la guerre le jour de la remise des diplômes de fin de scolarité. Mais qui faisait ça ?! Une génération entière privée de son bal de fin de cycle, il ne fallait pas s'étonner ensuite, de récolter des balles en pleine tête !

Elle avait passé des mois à choisir sa toilette, à hésiter sur son cavalier, puis, le jour venu, resplendissante dans une robe longue en soie rouge, alors que Ditmar sur qui *in fine*, elle avait jeté son dévolu, lui souriait de toutes ses dents blanches, la nouvelle était tombée : la guerre était déclarée !

Des camions bâchés étaient très vite venus se garer devant l'école, emportant les B12 vers leurs affectations. Ditmar avait pris un air désolé de petit garçon privé de brioche. Il n'avait pu que la serrer contre lui, glisser furtivement ses lèvres sur les siennes en murmurant :

— Fais attention à toi, Solveig !

Déjà ils étaient poussés dans des véhicules différents, emportés vers leur bataillon respectif. Elle n'avait même pas eu le temps de dire au revoir à ses parents. Elle n'avait pu que leur faire un signe fugitif depuis l'arrière du camion qui l'emmenait, terrifiée et glacée dans sa robe de princesse, à présent inutile. Elle avait aperçu sa mère, en larmes, tandis que son père l'entourait de ses bras, et que l'un de ses frères, le seul à ne pas avoir été noté apte pour le service sous uniforme, la prenait lui aussi dans ses bras. Erling, leur aîné, avait été embarqué dans un autre véhicule. Où irait-il ? Où allaient-ils ? Elle l'ignorait.

Pour elle, cela avait été simple : deux mois de classes puis, ayant été remarquée pour son habileté exceptionnelle au tir, elle avait été envoyée dans un centre de formation pour tireur d'élite. Sur le moment, elle n'avait pas vraiment saisi en quoi cette fonction pouvait réellement servir. Elle ne l'avait compris qu'aujourd'hui, en abattant ce gars d'une seule balle. Elle s'était pliée à la formation, rude, mais intéressante. Elle y avait amené sa compréhension presque innée de la nature couplée à un instinct de chasseur. Oui, une enfance à parcourir les montagnes en compagnie de son grand-père, garde forestier, avait fait toute la différence. Sans doute aurait-elle préféré que cela soit autrement, qu'elle n'ait pas besoin de tuer afin de faire sa part dans ce sale boulot.

« Être cantinière, par exemple ? Servir des repas revigorant aux troupes, ça se devait être chouette », songea-t-elle tout en se tournant et se retournant, les yeux grands ouverts dans l'obscurité.

Elle soupira, jeta un coup d'œil mi-attendri mi-agacé à Folder qui dormait, la bouche entrebâillée sur un ronflement d'ours. Comment pouvait-il rester aussi serein… Quel était le secret ? Elle ne cessait de revoir, encore et encore, le regard bleu de l'officier, dans la seconde précédant le moment où la balle l'avait emporté. Avait-il une mère qui pleurerait, hurlerait en apprenant sa mort ? Sans doute… Tous les soldats en ont une. Elle frissonna malgré la tiédeur de la nuit, malgré sa couverture. Elle chassa l'image de l'homme en uniforme gris, tournoyant sur lui-même dans une gerbe sanglante, afin de se concentrer sur la douceur de la vie, avant… Avant toute cette folie.

Elle se souvint de la vue sur la baie, depuis l'appartement familial, des fleurs que sa mère faisait pousser sur la terrasse. En avait-elle mis cette année, ou bien, restrictions oblige, avait-elle opté pour des légumes ? Ses parents s'étaient connus à l'École des Hautes Études d'Ingénieries de Kaldhvit puis, une fois diplômés, sa mère avait voulu retourner chez elle, dans sa petite ville natale blottie entre l'océan et les montagnes. Son père, originaire d'une ville portuaire du grand nord, l'avait suivie, proposant ses services à l'usine de construction de camions qui faisait la réputation de la région. Sa mère, passionnée de mécanique, avait, elle aussi apporté son expertise à l'usine. Solveig ne pouvait que se souvenir d'elle, en pyjama, tournant un gâteau d'une main tandis que des feuilles de calculs s'étalaient sur la table de la cuisine. Dans un sourire, elle criait après l'un de ses fils, fronçait les sourcils et revenait à ses plans.

En quelques années, son père était devenu l'ingénieur principal. Pour cette raison, il lui fallait se rendre à l'usine de temps à autre, ce qu'il adorait ! Contrairement à sa femme qui s'épanouissait dans une gestion globale de ses diverses activités, il avait besoin de compartimenter sa vie. Il ne pouvait se concentrer qu'au calme d'un bureau, loin des hurlements joyeux de ses trois enfants. Comme la maison devait être tranquille à présent qu'Erling et elle, étaient partis au front…

Sans qu'elle le veuille, chaque pensée la ramenait à la guerre. Elle soupira, à nouveau en colère, repoussant ses pensées, se concentrant sur la beauté des paysages de chez elle. En cette saison la baie devait être d'un bleu translucide, à peine troublée par le passage des rorquals venus mettre bas.

Le regard se perdant dans l'obscurité de la grange, elle se raccrocha à ses souvenirs. Elle se rappela toutes ces journées passées en compagnie de son grand-père. Elle pouvait se souvenir du contact rude de sa grosse main calleuse dans laquelle elle glissait la sienne, du frôlement rêche de son uniforme vert kaki, attestant de sa fonction. Un fusil à l'épaule, il l'emmenait dans ses longues marches d'inspection, contrôlant les éventuels promeneurs, s'assurant que nul ne venait braconner dans ce massif dont il avait la responsabilité.

Depuis la révolution et la chute de la royauté, la chasse était interdite sur tout le territoire du Snofjell. Aussi le fait qu'il porte un fusil était inhabituel. À la fois terrifiant et source de fierté pour la petite fille qu'elle était alors : son papet était une sorte de héros, protecteur des animaux de la montagne ! Elle le considérait de ses grands yeux d'enfant et, sa menotte glissée dans sa grosse main, ils partaient à la recherche de pièges et de braconniers venus en toute illégalité depuis d'autres pays. Ces derniers étaient attirés par la richesse d'une faune sauvage qui, en plus de cent ans, avait retrouvé peu à peu toute sa place. Ils venaient, soit afin de s'offrir un trophée — la tête d'un ours brun ou d'un loup des glaces, animaux impossibles à trouver ailleurs sur tout le continent — soit afin d'accumuler des peaux afin de les revendre à prix d'or aux fourreurs du Vikmund. Ces pratiques révoltaient l'enfant qu'elle était : venir tuer des animaux qui ne demandaient rien à personne, hors qu'on leur fiche la paix, lui semblait alors le pire des crimes. Elle savait à présent qu'il n'en était rien... hélas !

Calquant son pas sur celui assuré du vieux montagnard, elle allait, s'imprégnant de la nature, apprenant la patience, l'art de se dissimuler, celui de reconnaître les multiples traces laissées aux flancs des montagnes. Allongée sous un fourré, elle parvenait à rester des heures sans broncher, malgré les fourmis qui tenaillaient ses jambes, copiant de son mieux l'attitude de son papet. Immobile, il pouvait demeurer là, dans l'herbe, sans bouger, sans même frémir alors qu'une chenille lui grimpait sur le bras ou bien qu'un faucheux tricotait de toutes ses longues pattes afin de franchir l'obstacle de ce corps sur sa route. Elle avait appris à aimer, admirer, toutes ses infimes formes de vie, aussi était-elle prise de fureur lorsqu'ils tombaient sur des pièges dissimulés par des chasseurs. Ils les réduisaient à néant, puis se planquaient, attendant le retour de celui qui les avait installés. Ils en avaient arrêté plusieurs dizaines, qu'ils avaient ensuite conduits aux services de police. Les peines pour les braconniers étaient lourdes, doublées en cas de passage illégal de la frontière. Ceux-là ne viendraient plus se servir dans leur montagne, ils pouvaient en être certains !

C'était avec émotion qu'elle se souvenait de ces moments où l'impression de justice l'avait submergée, la rendant si fière de son papet. Aujourd'hui, elle savait que ce n'était pas si simple. Ces gens n'étaient venus, que poussés par la nécessité extrême, vers laquelle la situation économique de leur pays les avait conduits. La république du Vikmund survivait avec difficulté, depuis une guerre avec le royaume voisin qui l'avait amputé de la moitié de son territoire. À partir de ce moment-là, ils n'avaient plus eu de république que le nom, puisqu'un état résolument militariste avait pris le pouvoir. Chacun le savait, un jour il y aurait une nouvelle guerre entre ces deux voisins ! Le fait qu'ils aient envahi le Biscantin, état paisible, annihilé en quelques semaines, puis qu'ils s'attaquent ensuite à eux, le grand état du nord, était un effarement. Peu au fait des stratégies militaires, elle ne comprenait pas. Pourquoi épargner leur ennemi de toujours ? Pourquoi s'en prendre à eux ?

La guerre. Ses pensées y revenaient, encore et encore. Le contraire semblait impossible…

Étreinte par un sentiment de solitude effrayant, malgré la centaine de gars de son unité qui ronflait en concert bruyant autour d'elle, Solveig s'efforça de songer aux paysages des alpages. À ces printemps lorsque les pentes des montagnes se couvraient de tapis de fleurs : jonquilles, primevères, aster ou campanules, composant un tapis semblable à une toile pointilliste.

S'accrocher à la beauté éphémère, oublier l'absurdité dans laquelle elle était plongée, pour ne plus voir que la douceur de ces lointains instants. Elle pouvait presque sentir l'arôme entêtant des bouquets qu'elle glanait au cours de ces journées, et qu'elle ramenait ensuite à sa mère. C'était là ses plus beaux souvenirs et c'étaient aussi ces moments qui l'avaient conduite où elle était à présent. En apprenant la patience, en sublimant ses capacités d'observation, en sachant dès son plus jeune âge manier un fusil, elle s'était forgé les qualités essentielles d'un tireur d'élite.

Paradoxe d'un destin dont elle ne pouvait s'empêcher de croire qu'il se moquait d'elle. Enfin de tous, il se riait d'eux tous.

CHAPITRE 3

Franchissant les frontières,

Ballottée dans le camion qui l'emportait, elle et une partie de son unité, Solveig se demandait vers quoi ils fonçaient, dans quelle merde sans fond ils allaient encore tomber. Dans le camion bâché, il faisait froid. Une pluie molle s'abattait sur la région depuis des jours, transformant tout en bourbier poisseux, s'insinuant partout, détrempant hommes et matériels. L'automne était là, avec ses pluies continues, sa fraîcheur aussi, qui sous peu se transformerait en froid de plus en plus glaçant. Mais ça, le froid n'était pas un problème pour ces hommes et ces femmes originaires d'un pays de glaces ! Ils craignaient beaucoup plus cette humidité gluante. Ils ne pouvaient qu'espérer que la neige viendrait bientôt et fixerait toute cette crasse dans une gangue gelée.

Afin de la protéger de l'averse qui s'abattait jusque dans le camion, Folder s'était assis à l'arrière, interposant sa solide carcasse entre elle et les intempéries. Fatiguée, elle appuya sa tête dodelinant contre son épaule, ferma les yeux, non sans garder ses mains serrées autour de son fusil de précision.

Folder lui jeta un bref coup d'œil.

— Dors, je te réveillerai quand on arrivera…

Ils étaient un binôme, qu'elle soit une femme ne comptait pas. Ils passaient chaque seconde de leur temps ensemble et peu à peu, au fil des semaines, ils étaient devenus plus unis qu'un vieux couple. Les tireurs d'élite restaient une énigme, des soldats à part, même au sein de leur propre compagnie. Solveig avait fini par s'y habituer, après tout elle s'était bien accoutumée à vivre dans une peur constante !

Les femmes étaient aussi recrutées pour la guerre, au même titre que les hommes. Leur société se refusait de faire la moindre différence entre les êtres humains et retomber ensuite dans les travers effroyables d'un sexe dominant l'autre. Cependant, si les filles étaient aussi sélectionnées B12, soit aptes aux services sous uniforme, leurs qualités bien particulières les orientaient vers des postes plus spécialisés que celui de simple soldat. Elles étaient donc plus présentes, par exemple, dans les rangs des pilotes de chasse où leur sang-froid faisait merveille. On trouvait aussi quelques femmes tireurs d'élite, Solveig n'était pas une exception. Elles étaient toutefois plus nombreuses dans l'encadrement, où leurs qualités d'organisation et d'analyse s'épanouissaient. Placer chacun où ses capacités pouvaient servir au mieux le pays, était le souci constant des sélectionneurs. Homme ou femme, cela n'entrait pas en ligne de compte.

La plupart des gars de son unité pensaient qu'ils étaient bien plus qu'un simple binôme, unis par les nécessités de la guerre. Mais c'était faux ! L'intimité de tous les instants qu'elle partageait avec lui, n'était pas sexuelle, ne le serait jamais. Il en allait de leurs vies ! Comment pourrait-elle rester efficace si soudain d'autres émotions intervenaient ? Non. Ils étaient indispensables l'un à l'autre, se protégeant mutuellement sans que la moindre méprise sur leurs sentiments n'entre en jeu. Si un besoin quelconque se faisait ressentir, ils l'assouvissaient sans problème dans des rencontres de hasard, au gré des bouges écumés par l'armée. De ces nuits, Solveig en ressortait la tête lourde de trop de bières, frustrée par ces étreintes hâtives. Elle retirait cependant pour quelques instants l'impression d'être encore vivante. C'était tout ce qu'elle pouvait espérer…

Une fois encore, ils étaient trimballés vers une destination inconnue. Il se murmurait qu'ils étaient envoyés à Floten, et cette seule idée donnait des nausées à Solveig. Mais peu importait, elle faisait partie de cette compagnie d'assaut, qu'elle le veuille ou non. Elle se rencogna un peu plus dans la chaleur paisible de Folder, cherchant un sommeil qui la fuyait.

Floten la ville martyre. Floten la clef du passage vers le centre du pays. Elle ne savait que peu des événements qui se déroulaient tout au long des 1 300 km de front, néanmoins elle avait vu certaines images de la ville médiévale — bijou d'architecture — bombardée, brûlée, alors que des colonnes de civils terrifiés fuyaient sur les routes. L'horreur de cette guerre lui était apparue dans sa pleine dimension : même les civils n'étaient pas épargnés !

Percevant ses mouvements, Folder entoura ses épaules d'un bras, tout en chuchotant d'un ton presque péremptoire :

— Dors ! Ne commence pas à gamberger, on verra assez tôt où on va aller…

Comme d'habitude il la devinait, interprétant la moindre de ses respirations.

Il avait raison, elle le savait. Elle poussa un long soupir, ferma les yeux, se laissant bercer par les soubresauts du camion sur la route défoncée par les mines et les combats. Elle songea qu'elle avait malgré tout de la chance, les autres unités devaient se rendre sur le front à pied ou en véhicules hippomobiles. Seuls les bataillons d'assaut bénéficiaient du luxe relatif de transports mécanisés, et encore, uniquement parce que la rapidité était la clef !

Le Snofjell était un état moderne, toutefois il avait orienté ses efforts non pas vers une modernisation outrancière de sa minuscule armée, pour opter plutôt vers l'aménagement de son vaste territoire. Écoles, routes, universités et logements neufs avaient fleuri ces dernières décennies au détriment de l'équipement militaire. C'était un choix qui avait semblé pertinent. Jamais, de toute l'histoire, leur pays de neige n'avait été conquis. Ils comptaient sur l'apparente invulnérabilité de la colossale chaîne de montagnes qui constituait une barrière naturelle à leurs yeux infranchissable. Au vu des événements récents, les analyses avaient été mauvaises, pourtant pouvait-on le déplorer ? Aurait-il été possible de projeter une telle attaque ? La réponse était non, même si chacun avait conscience que la richesse du sous-sol de leur pays, regorgeant de minerais et de pétrole, devait être la motivation du Vikmund.

Moitié moins nombreux que la population du Vikmund, moins bien équipé que leur énorme armée, l'État du Nord offrait cependant une résistance à laquelle les stratèges Vikmund, ne s'étaient pas attendus. Soudés dans un effort commun, toute la population du Nord s'était levée : les conscrits avaient filé dans les casernes tandis que les autres s'étaient élancés vers les lieux de productions. La victoire ne pourrait être que commune, chacun le savait, en avait une conscience aiguë, et c'était ce qui les tenait, Solveig comme ses camarades, debout face aux cohortes des armés du sud.

Ils avaient réussi au prix d'une révolution sanglante à se débarrasser d'un système monarchique, puis à mettre en place une société équitable, ce n'était pas pour subir une nouvelle oppression ! Jamais ! Ils connaissaient trop la valeur de leur société, pour la laisser tomber et y renoncer. Alors tant pis si cela devait l'être au péril de leur propre existence, ils la sacrifieraient tous volontiers, afin de sauver non seulement leur famille, mais leurs idéaux.

CHAPITRE 4

Dans un halo de poussière

Elle fut tirée du sommeil par Folder qui la secouait.

— On est arrivé, mon ange !

Elle ouvrit aussitôt les yeux alors que le camion stoppait dans une gerbe de boue. Depuis longtemps elle avait appris à être totalement opérationnelle à peine les paupières dessillées. Même dans son sommeil, elle restait vigilante.

Sur un cri beuglé par un sous-officier, les soldats sautèrent à terre. Elle attrapa son sac en toile, bourré de son maigre paquetage et suivit Folder. Comme lui, elle sauta sur un sol gorgé d'eau. Par chance la pluie avait cessé, cependant un bruit assourdissant les accueillit. Elle frémit tandis que les canons tonnaient autour d'eux et que les miaulements stridents des missiles zébraient le ciel. Le vacarme était effrayant. Dans ce champ de ruines qu'était devenue la ville, le silence n'existait plus, la guerre l'avait tué en même temps que des milliers d'habitants. L'air humide n'était que bruit et puanteur, celle de la mort, celle du métal brûlé.

Ils furent réunis en rangs impeccables et au garde à vous derrière leurs officiers. À leur vive surprise, le Général Asulf s'avança vers eux. Cet homme était une légende au Snofjell. C'était en partie grâce à sa pugnacité si les armées du Sud n'avaient pas encore pu s'élancer à l'assaut des montagnes. L'avoir en face était à la fois un honneur et assez effrayant : sa présence n'augurait rien de bon !

Il les considéra d'un œil incisif, avant de s'exclamer :

— Je n'ai pas le temps de vous faire des discours pompeux sur la patrie et ce genre de choses. Aujourd'hui vous êtes à Floten, cette ville est la clef, les Vik' le savent. S'ils parviennent à passer, la Trouée des Ours leur sera grande ouverte et, en deux jours, ils seront au cœur du pays. Alors notre mission est de tenir ! Nous devons tenir quoi qu'il nous en coûte ! Il faudra résister jusqu'au printemps. Je vais exiger de chacun d'entre vous d'être un héros. Nous sommes inférieurs en nombre, mais notre matériel est meilleur et nous savons pourquoi nous nous battons : pour nos familles, pour notre modèle de société. En face ce ne sont que des soldats fanatisés et sans idéaux. Vous allez devoir vous battre pour chaque rue, chaque quartier, chaque mètre de terrain. Vous ne reculerez pas !

Puis il se tourna vers la douzaine de tireurs d'élite, reconnaissables à leur uniforme particulier, et surtout, à leur long fusil de précision.

— Quant à vous, je veux que chaque Vik' sache qu'il est dans la ligne de tir d'un soldat du Nord. Vous m'avez compris ?

Chacun lança un « oui » à pleins poumons qui résonna avec une ferveur particulière, couvrant un instant l'assourdissant bruit de fond. Solveig déglutit avec peine. Elle était terrifiée. Sans doute que tous l'étaient mais, comme elle, aucun ne le montra. Elle fixa son regard au loin, vers la chaîne de montagnes qui se détachait à l'horizon. Là-bas, derrière ces sommets, se trouvaient ses parents, son chez-elle. Elle réprima un soupir, tout en considérant les minuscules points flottant au-dessus des montagnes : les zeppelins chargés de boucler le passage des avions de chasse qui, tel un troupeau de baleines, allaient et venaient dans le ciel.

Le Vikmund avait une large supériorité aérienne, elle le savait, cependant la DCA limitait leurs attaques vers le centre du pays et les dirigeables, lents cependant surarmés y étaient pour beaucoup.

Ils rompirent ensuite les rangs, suivant au pas de course leurs officiers.

Dans un tel contexte, pas de baraquement possible : ils devaient s'abriter vaille que vaille dans des caves, celles qui résistaient encore au pilonnage. Un sergent chargé de l'intendance, leur ordonna de poser leurs sacs dans un coin avant de les envoyer dans une cave adjacente, utilisée pour l'ordinaire. Là, on leur servit un café brûlant, accompagné d'un bout de pain, du moins café en avait-il le nom, le goût ça, c'était une autre affaire… Mais c'était chaud, et c'était tout ce qu'ils demandaient. Avec un soupir satisfait, Solveig rajouta du sucre, touilla avant de boire avec un plaisir évident. Elle grignotait son pain, avachie contre Folder, lorsque leur commandant se planta devant eux :

— Vous deux, allez donc dire aux Sudistes que nous sommes arrivés…

Ils hochèrent la tête, lâchèrent un « oui commandant » avec un bel ensemble puis, vidant d'un coup leur quart, ils se levèrent, leur reste de pain à la main. Ils le terminèrent en trois bouchées hâtives, alors qu'ils récupéraient leurs fusils respectifs. Ils vérifièrent leurs armes, pistolet, baïonnette dans son étui en cuir brun, récupèrent une ou deux grenades et firent le plein des cartouchières qui s'accrochaient à leur ceinturon.

Une cinquantaine de balles chacun, ce devrait être suffisant…

Puis ils s'élancèrent hors de l'abri, retrouvant le bruit terrifiant des obus qui secouaient le sol telle une mer déchaînée. Folder sembla ignorer le sujet. Solveig se fondit derrière lui, domptant sa peur, se raccrochant à l'idée que tôt ou tard, chacun des états-majors se rendrait compte que bombarder des ruines était inutile !

Rasant les murs à demi écroulés, ils s'avancèrent dans les rues autrefois pavées, autrefois bordées de maisons riches d'histoire, une ville d'art et de joyaux architecturaux, qui n'était plus à présent, que ruines fumantes et cendres dans le vent. Par chance, bon nombre de ces antiques habitations, érigées en pierre de taille, tenaient encore, malgré les bombardements.

Folder l'attendit à l'angle d'un carrefour. D'un geste du menton, il désigna un immeuble en face d'eux. Elle approuva d'un simple clignement des yeux. Sans bruit, ils se faufilèrent jusqu'à la porte qui, arrachée de ses gonds, avait volé on ne sait où. Sans s'arrêter, ils s'engouffrèrent dans le hall, vérifièrent qu'il était vide, puis grimpèrent l'escalier encore intact.

Quelques minutes plus tard, ils furent sur le toit, ou plutôt sur ce qui restait du toit. Peu importait. De là, ils bénéficiaient d'une vue parfaite sur les lignes ennemies. C'était tout ce qui comptait.

Floten, ou plutôt de son nom complet Floten av Fjellene, la Cité au pied des Monts, avait été bâtie des siècles auparavant dans cette plaine fertile, blottie sous les rudes montagnes qui la surplombaient. Une étroite rivière s'écoulant depuis un glacier lointain, la coupait en deux rives distinctes. Le Vikmund en occupait la gauche depuis quelques jours, tandis que le Nord tenait la droite, offrant une résistance à laquelle le Sud ne s'attendait pas. Au vu des rapports rendus sur l'état de l'armée du Snofjell, il avait semblé qu'une guerre contre eux serait une formalité. Aujourd'hui, il apparaissait qu'il n'en était rien ! Le Nord résistait avec acharnement et, la première stupeur passée, ils s'étaient organisés avec une rapidité confondante. C'était le cas pour cette ville, qui sur le papier, ne pouvait fournir aucune difficulté. Pourtant les puissantes armées Vikmund étaient stoppées net !

Les deux tireurs s'accroupirent derrière des blocs de pierre épars, examinant la situation. En contrebas, la rivière, à peine un ruisseau du reste, coulait en charriant des immondices rejetées par les bombardements. Solveig crut même voir un corps voguer entre deux eaux. Elle repoussa l'image, se concentrant sur ce qui se passait en face. Pas grand-chose. Pour un œil non averti, les ruines des immeubles auraient pu paraître vides, pour les deux snipers au regard acéré, il n'en était rien. Un mouvement furtif suffit à attirer leur attention. Avec le bruit des explosions, il était impossible de se fier à un autre sens que la vue. Ni l'ouïe ni l'odorat ne pouvaient, aujourd'hui, les aider dans leur traque.

Dans un geste à la fois doux et feutré, elle ajusta son fusil, collant la crosse contre son épaule et l'œil à la lunette. Des chiffons en toile de jute s'enroulaient autour du canon afin d'éviter tout reflet sur le métal, qui aurait pu trahir leur présence. Dans sa lunette à longue distance, elle aperçut une pièce d'artillerie dissimulée dans un trou. Elle se concentra. Son attention attirée par le liseré rouge qui s'étirait sur la casquette d'un officier. Elle ajusta sa mire. Folder lui glissa à l'oreille quelques précisions sur la force et la direction du vent. C'était empirique, mais ce serait suffisant. Elle respira, compta ses battements cardiaques, puis son doigt effleura la gâchette. La balle jaillit, s'élançant en un sifflement imperceptible. Sa taille, capable de stopper net un ours, en faisait un allié puissant et la cible n'avait aucune chance. Là-bas l'officier s'écroula. Stupéfaits, effrayés, les hommes en gris s'agitèrent. Elle repéra un autre officier ou sous-officier, peu importait. Elle visa et tira.

Folder posa une main sur son épaule, la sommant d'arrêter. À croupetons, elle le suivit tandis qu'en face, son intervention avait semé une véritable panique. En courant, ils dégringolèrent les escaliers. Ils étaient comme des loups, agissant sans bruit, frappant et semant la peur, avant de disparaître.

Toute la journée, ils la passèrent à harceler le camp adverse, en une tactique simple : déstabiliser la chaîne de commandement. En supprimant officiers et sous-officiers c'était tout une logique de déstructuration qu'ils imposaient. Les heures filaient sans qu'ils s'en aperçoivent, ne prenant qu'à peine le temps de grignoter une barre vitaminée. Solveig n'agissait plus que par réflexe. Elle n'était qu'un instrument servant à contenir un flux voulant les engloutir.

Au fil de la journée, explosions et bombardements avaient décru, sans doute se rendaient-ils compte de leur inefficacité crasse. Le soleil déclina sur une ville où le silence retomba. Ce fut soudain. Tellement soudain que cela parut irréel. Du haut d'un bâtiment industriel, Solveig et Folder restèrent toutefois l'œil fixé sur la rive opposée. En face, les cris stridents des sifflets se percevaient enfin, moyen facile pour les officiers de communiquer des ordres à leurs troupes.

Au milieu des gravats fumants, de la poussière qui nimbait la ville en même temps qu'une fumée âcre, le soleil se couchait dans un embrasement de feu, miroir tragique de la cité anéantie. Mus par une folie constante ou un héroïsme fanatique, les officiers du Vikmund mettaient leur point d'honneur à faire face à l'ennemi. Avec l'apparition d'une guerre de rue, ils devaient cependant revoir leur prétention ! Pourtant, ce à quoi peu pouvaient renoncer, c'était un thé brûlant en fin de journée.

Allongée dans une poussière de béton et de parpaing, Solveig surveillait tout mouvement dans le camp adverse, lorsqu'un rayon de soleil brilla une fraction de seconde sur un objet. Ce fut fugace, mais pas assez pour qu'elle ne le vît pas. Collant son œil à la lunette, elle fit le point et là, dans l'embrasure d'une fenêtre éventrée, elle remarqua un léger mouvement suivi par un autre éclat. Une simple tasse en fer-blanc sur laquelle le soleil se reflétait. Elle n'eut même pas besoin de réfléchir, la balle franchit la distance, un peu plus de 400 mètres, sans doute, avant de percuter l'homme, dont ce fut la dernière gorgée de thé.

Dans cette guerre tout était dangereux, mortel, y compris boire son thé…

CHAPITRE 5

Ainsi s'en vont les militaires,

Éreintés, ils rentrèrent enfin, retrouvant le réseau de caves transformé en abris. La poussière maculait leurs visages cependant que la fatigue pesait sur leurs épaules. Ils récupérèrent leur quart et, d'un pas traînant, allèrent réclamer à manger. Une soupe chaude leur fut servie, accompagnée d'un bout de pain un peu dur. Ils se laissèrent tomber sur un banc installé autour de tables bricolées avec les moyens du bord. Planches, portes mêmes, avaient servi à réaliser un aménagement sommaire.

Avec un soupir de lassitude, Solveig goûta à la soupe, mélange d'eau, de légumes et de pâtes. Le ravitaillement était compliqué, ne pouvant leur parvenir que de manière parcimonieuse. En effet, l'aviation du Vikmund s'était octroyé la suprématie des airs, harcelant le Nord, et seule la force de la DCA permettait que leurs lourds bombardiers ne s'aventurent pas trop à l'intérieur du pays afin d'y semer terreurs et désolations. Ils ne se privaient pourtant pas de harceler les camions qui ravitaillaient Floten en hommes et matériels, plongeant l'armée du Nord dans une gestion serrée de ses ressources. Les convois profitaient de la nuit pour tenter de gagner la ville, se camouflant sous des arbres durant la journée et espérant ne pas se faire remarquer. Toutefois, malgré ces précautions tous ne parvenaient pas jusqu'à la ville.

Ils mangèrent en silence, tandis qu'autour d'eux les hommes s'échangeaient des blagues, riaient tant qu'ils le pouvaient encore, comme si leur gaieté pouvait conjurer le sort. Solveig se redressa enfin, s'étira, bâilla et poussa son quart à demi plein vers Folder.

Il lui lança un coup d'œil ennuyé.

— Tu devrais finir…

Elle haussa une épaule, se contentant de grignoter son pain, le regard perdu dans le vague. Il renonça. Il ne l'avait jamais vu terminer ses rations, sans doute cela ne pouvait-il pas commencer aujourd'hui, même si cela avait été une bonne idée ! Comme toujours il engloutit sa propre portion puis la sienne, son imposante carcasse réclamant une quantité de calories que, sans cet apport supplémentaire, il n'aurait pu obtenir. Il ignorait pourtant si la jeune femme lui cédait une partie de ses repas parce qu'elle n'avait plus faim ou parce qu'elle avait conscience qu'il avait besoin de plus que ce que l'ordinaire lui fournissait. Peut-être un peu des deux. Il ne le lui demanderait pourtant pas, la pudeur dans ces circonstances était de mise. Sans doute était-ce tout ce qu'il leur restait.

Alors qu'elle somnolait à moitié, appuyée comme à son habitude contre l'épaule confortable de son binôme, leur commandant se planta devant eux. Il leur fit signe de ne pas se lever, se contentant de murmurer :

— Combien ?

— Vingt et un, commandant ! lança Folder à mi-voix.

L'officier hocha la tête, fronçant les sourcils :

— Que des officiers ?

— Un maximum de cols rouge, oui.

— Ils vont finir par se méfier, mais en attendant continuez comme ça, c'est bien ! Allez vous reposer quelques heures, mais ne leur laissez pas trop de répit.

— Oui commandant !

Folder ramassa les quarts vides, souleva Solveig par un bras et l'emmena vers une autre cave, là où des lits de camp avaient été installés l'un à côté de l'autre, en rangs serrés, afin d'offrir un repos mérité et aussi réparateur que possible, aux hommes et femmes durement sollicités. Solveig posa son fusil sous son lit, enleva ses bandes molletières avant de délacer ses lourdes chaussures de marche. Contrairement aux autres soldats, ils ne portaient pas de bottes qui, si elles étaient pratiques dans la boue et la neige, étaient une entrave rédhibitoire à leur liberté de mouvement : impossible de ramper ou de grimper avec des bottes !

Elle n'ôta même pas le reste de ses vêtements, se contentant de s'allonger tout habillée et de tirer sur elle une couverture en laine. Elle ferma les yeux, épuisée. Vingt et un. Ils avaient fait vingt et une victimes à eux deux. C'était un chiffre énorme qui aurait dû lui donner le tournis, néanmoins depuis le temps, elle avait appris à considérer non pas l'homme qu'elle avait tué, mais bien un danger potentiel qu'elle avait éliminé. Lorsqu'un jour, elle avait demandé à Folder comment il faisait afin de supporter ça, il lui avait renvoyé un vague sourire tout en laissant tomber :

— Je me dis juste que ça en fait un de moins qui pourra tuer l'un des nôtres… C'est tout !

Elle savait qu'il avait raison. Elle devait s'accrocher à cette seule pensée, sans quoi elle deviendrait folle. Le regard printanier de sa première cible vint la hanter, comme souvent, lui reprochant sa mort et son insensibilité. Elle serra les dents, repoussant toute culpabilité. Quel choix avait-elle ?

Voulait-elle que les armées fanatiques du Sud viennent imposer leurs lois dans son pays ? Non. Alors elle devait continuer à faire ce pour quoi elle était malheureusement si douée : chasser et tuer.

Elle se retourna, croisa le regard de Folder qui, posément, enlevait veste et chemise afin d'être plus à l'aise pour se reposer. Sans un mot, il comprit les émotions qui l'agitaient. Il poussa son lit contre le sien puis s'allongea et, comme souvent, il la prit entre ses bras où elle se lova tel un chat. Rassurée, elle s'endormit presque aussitôt. Réconforté lui aussi par le contact doux de ce corps abandonné contre lui, il sombra à son tour dans un sommeil profond.

Trois heures plus tard, ils se glissaient dans la nuit, leur fusil à la main, accueillis par la fraîcheur d'une première gelée, prémices d'un hiver qui ne tarderait plus. Pour les deux soldats du Nord, ce n'était pas un problème ! En face, les troupes venant d'un climat doux, battaient déjà la semelle autour de quelques feux. Se faufilant, sans bruit dans l'obscurité, les snipers profitèrent de l'aubaine de ces cibles offertes... Cette nuit-là, ils firent un carnage, semant panique et confusion dans les rangs ennemis.

Épuisés, ils rentrèrent au petit matin, alors qu'une aube rouge sang se levait sur la ville. C'est à peine s'ils mangèrent, avant d'aller s'écrouler pour quelques heures de repos. Ils se réveillèrent en milieu de matinée. Solveig avait l'impression d'être un zombi, même si dormir de manière fractionnée était devenu depuis le temps, une sorte de quotidien auquel elle avait dû s'habituer.

Elle plongea le nez dans son quart rempli de café, ou du moins d'une boisson chaude et amère, espérant que la caféine la ragaillardirait. Pour l'instant, l'effet semblait plutôt inverse ! Dodelinant de la tête, c'était à peine si elle remarqua la présence de son supérieur, qui se planta devant leur table. D'un geste autoritaire il posa devant eux deux tasses à demi pleines d'un liquide noir et épais. Un arôme de plantes mêlé à celui de l'alcool monta vers Solveig. Elle releva la tête, dévisageant son commandant :

— Du skul, fait par ma femme au printemps, il est excellent et vous semblez en avoir besoin tous les deux !

Elle avait toujours détesté cette boisson sirupeuse, lourde de sucre, d'alcool et de goûts mêlés de plantes diverses. C'était néanmoins un condensé d'énergie qui lui donnerait un coup de fouet. De toute façon elle n'avait guère le choix, ni le commandant ni Folder ne comprendraient son aversion ! Elle se força donc à en boire deux gorgées, aussitôt envahie par la brûlure du liquide. Elle entendit l'officier poursuivre.

— Je vous présente Rolf Asfrid, il est reporter pour « le Peuple indivisible », fit-il tout en désignant un grand type solide, au sourire enjôleur et au regard sombre qui semblait noter chaque détail.

Solveig le considéra avec circonspection, tout en poussant sa tasse vers Folder.

— Il vous accompagnera durant quelques jours…, termina l'officier d'un ton brusque.

À ces mots, Folder lâcha un brutal « non » qui se répercuta sous les voûtes de la cave, malgré le brouhaha.

— Ton avis n'est pas requis, sergent !

Soutenant le regard de son supérieur, Folder répliqua :

— C'est beaucoup trop dangereux ! Emmener un civil, il va nous faire buter et lui-même récolter une balle en pleine tête !

— Je comprends, mais une guerre ne se gagne pas seulement au bout d'un fusil, elle se gagne aussi avec des mots. Et lui, il est là afin de récolter ces mots qui seront autant d'armes.

Il soutint quelques secondes le regard de son sous-officier, avant de tourner les talons. Sans paraître s'en faire, le journaliste s'assit sur le banc en face d'eux, leur décochant un sourire.

— Peut-être avez-vous déjà lu certains de mes articles, je couvre la guerre depuis qu'elle a débutée.

Folder lui renvoya un regard furieux, tandis que Solveig, inquiète, se demandait comment ils allaient survivre en traînant un tel boulet avec eux. L'autre ne semblait rien remarquer, à moins qu'il s'en fiche.

— Ne faites pas ces têtes, tout va très bien se passer ! Ensuite vous me direz merci d'avoir fait de vous des héros.

À côté d'elle, elle sentit Folder se raidir, cependant il se contint. Il vida sa tasse de skul, d'un trait, sans répondre.

Le reporter les considérait avec une jovialité empreinte de curiosité. Était-ce un jeu pour lui ? Il les dévisagea l'un et l'autre avec acuité, puis finit par lâcher :

— Vous êtes ensemble, tous les deux ?

Surprise, Solveig sursauta. Elle lui renvoya un regard effaré, tandis que Folder, furieux, se levait à demi, ses poings énormes fermés sur une colère dévastatrice. Elle posa une main sur son bras, tout en lançant d'un ton sec :

— Si par « ensemble » tu sous-entends une relation amoureuse et sexuelle, eh bien je vais te décevoir, car c'est non ! Nous ne sommes pas dans une comédie romantique !

— Tu vois pas où on est, bordel ? C'est la guerre ! Tu crois qu'on a que ça à faire ! beugla Folder, sans plus pouvoir se retenir.

— Pourtant, en vous observant… enfin, on pourrait croire le contraire…

Solveig crut qu'il allait l'assommer. Elle l'avait déjà vu se battre au corps à corps : il était aussi redoutable qu'un char d'assaut ! Elle le stoppa d'un geste, tout en jetant d'un ton glacé au journaliste, un peu trop à la recherche d'une histoire sensationnelle à raconter à ses lecteurs :

— Le commandant a dit que tu devais nous accompagner, alors tu vas venir et p'être que tu comprendras, si tu survis…

Ils se levèrent, le journaliste leur emboîtant le pas. Pendant que Folder s'occupait de leurs fusils et des munitions, Solveig darda un regard sans concession sur le reporter.

— Les boutons de ta veste ça ne va pas, tes chaussures non plus, trop bruyantes, et t'as l'intention de porter un casque et ce brassard avec « Press » ? Pas de casque et pas de brassard.

— Mais… Attends, j'ai pas envie de me faire trouer la peau, et signaler que je suis reporter répond aux lois internationales de protection des journalistes !

La jeune femme haussa une épaule.

— Tu crois qu'un brassard te sauvera du tir d'un sniper ? Tu rêves !

— Mais les lois…

— Il n'y a pas de lois, ici ! Tu n'as pas encore compris ? le coupa-t-elle avec brutalité, ses yeux d'un bleu pourtant si tendre, subitement gris de colère, avant de poursuivre d'un ton sec :

» Tu vas modifier ta tenue : plus rien de métallique, rien qui fasse le moindre bruit. Tu vas camoufler tes appareils photos et caméra. Tant que ce n'est pas fait, tu ne nous accompagnes pas !

Échangeant un coup d'œil, les deux tireurs d'élite grimpèrent l'escalier menant en surface, laissant le journaliste ahuri, planté au milieu de la cave. Solveig tremblait à demi, partagée entre peur et colère : ce type allait les faire descendre à coup sûr ! À quoi pensait le commandant ! Elle lança un regard désemparé à Folder, qui lui répondit un simple :

— T'en fais pas, ça va aller !

Son appréhension diminua d'un cran. Elle avait une telle confiance en lui. Il était sa boussole au milieu de toute cette folie. Depuis cette absurde déclaration de guerre, sa vie n'était plus qu'un chaos insensé, enfin la vie de centaines de millions de gens était devenue démente, à croire qu'un vent de folie avait frappé tout le continent !

Il y avait ceux qui, comme elle, étaient partis au front, lâchant tout, rêves et famille, afin d'espérer quoi ? Survivre et défendre leur mode de vie ? Oui, afin d'offrir leur vie à un espoir plus grand qu'eux. La plupart du temps Solveig ne voulait même pas réfléchir à ces questions qui la renvoyaient à trop d'incertitude et de désespoir. Elle n'avait pas le choix, face aux puissantes armées du Vikmund, chaque action, même infime, était fondamentale.

Alors sur le front, les soldats se battaient comme des forcenés, tandis qu'à l'arrière les gens se rendaient dans les lieux de productions afin de contribuer à l'effort de guerre, tous unis vers un seul but : conserver leur liberté et leur manière de vivre.

Femmes, vieillards et même enfants partaient vers les usines collectives, assurant les productions vitales pour le pays en plus d'assumer celles exigées par la guerre. Alors tous, délaissant leurs activités sportives ou artistiques allaient prêter main-forte dans les usines d'assemblage de fusils automatiques ou de plantations sous serre. Avec l'embargo infligé sur mer et par les airs, le Snofjell ne devait guère plus compter que sur ses seules productions, en particulier alimentaires. Craignant des pénuries, des serres, immenses, avaient très vite été mises en place dans chaque commune tandis que des kits de mini-serres à installer sur son balcon ou terrasse avaient été distribués à la population. Pour l'instant le système était efficace. Jusqu'à quand, c'était toute la question …

Chacun avait bien en tête, qu'une fois les montagnes franchies, leur pays tomberait aux mains de la République du Vikmund. Ces derniers leur imposeraient alors leur société, rétrograde et patriarcale et ça, personne ne le voulait ! Leurs aïeux s'étaient battus afin de se libérer du joug des rois, ce n'était pas pour s'inventer de nouvelles chaînes ! Aussi chacun s'évertuait-il à donner le meilleur de lui-même, soldats ou civils, peu importait, tous tendus vers un seul but : repousser le Vikmund.

Solveig respira un grand coup, inhalant la fumée âcre provenant des incendies qui couraient encore sur la ville, en dépit de l'arrêt des bombardements. L'odeur, prégnante, était atroce, celle de la mort et de la brutalité, néanmoins cela lui permit de reprendre le contrôle d'elle-même. À l'arrière les gens comptaient sur eux, sur elle, elle ne devait pas les décevoir, rien d'autre après tout ne comptait dans toute cette aberration.

Elle attrapa sa chapka, la plaça sur sa tête et dissimula sa longue tresse dorée sous sa veste, puis son fusil de presque quatre kilos à la main, elle suivit Folder, écartant le reporter de ses pensées.

Lorsqu'ils rentrèrent, plusieurs heures plus tard, Rolf Asfrid leur sauta dessus au sens propre. Il avait presque entièrement changé sa tenue, troquant sa veste contre une matelassée de simple soldat, aux boutons en bois dissimulés sous une langue de tissu. Sur la tête, il arborait à présent une chapka oreilles et ses appareils avaient été emballés avec un soin particulier, méticuleux, dans des toiles de jute, afin de dissimuler le métal, mais aussi pour casser les lignes trop droites. Rien ne devait attirer l'attention de ceux d'en face…

On ne pouvait le nier, il avait pris leurs ordres au sérieux.

Folder le considéra d'un long regard, sans rien dire, se contentant de hausser les épaules. Solveig fut un peu moins laconique, quoi que… Elle hocha la tête en signe d'assentiment, avant de laisser le journaliste planté là, et de suivre son sergent dans la cave servant de cantine. Elle était épuisée. Tout son corps, ainsi que sa tête, ne rêvaient que d'un repas chaud puis de pouvoir s'allonger et dormir au moins vingt-quatre heures consécutives. Le dernier point ne serait sans doute pas possible avant longtemps, pas avant la fin de cette guerre sans doute.

Finalement, lorsqu'ils repartirent trois heures plus tard, avec le soleil couchant, le reporter les suivit, le cœur battant. À la fois excité, ravi d'assister à cette bataille qu'il savait être historique, décisive pour l'avenir du Snofjell, mais aussi tenaillé par une peur qui ressemblait plus à de la terreur. Il avait souvent été effrayé au cours de ses reportages, ce n'était pas nouveau. Il savait gérer cet afflux émotionnel et le contenir. Il admira cependant le sang-froid des deux tireurs, qui, sans bruit, se coulaient le long des immeubles en ruines, glissaient dans les rues à demi détruites et couvertes de gravats épars. Puis ils grimpaient sur un point haut, escaladant les escaliers disloqués avec souplesse, malgré leurs lourds fusils, malgré tout leur équipement. Il les suivait en ahanant, sans toutefois montrer ses difficultés, s'évertuant à ne pas se faire distancer et à ne pas être trop bruyant. Il savait que sa vie était en jeu et que le moindre geste pourrait lui être fatal. La seule question, c'était qui lui logerait une balle dans la tête : un soldat du Vikmund ou la caporale Osbern ?

Enfin recroquevillé à l'abri d'un parapet encore intact, il put voir les snipers à l'œuvre, tandis qu'un soleil rouge sang inondait la ville encore fumante de multiples brasiers. La coordination du binôme, leur froide efficacité, le stupéfièrent, l'inquiéta autant qu'il les admira. Se faisant aussi invisible qu'il lui était possible, il prenait notes et photos dans une frénésie pure. Conscient de l'importance de sa mission, conscient en outre qu'au-delà de l'article qu'il ferait, il compilait une vraie documentation sur ce moment particulier. Il hésita à filmer, interrogea le sergent d'un coup d'œil tout en désignant la caméra qu'il tenait à la main. Il vit le sous-officier hésiter avant de lui faire signe d'y aller. Collant son œil à l'appareil, il le mit en route, filmant sans plus de bruit que le ronron lancinant de la caméra, la scène surréaliste de cette jeune femme, une enfant encore qui, concentrée, alignait cibles après cibles. Il sursautait à chacun de ses coups de feu, sachant que c'était autant d'hommes qui mouraient.

Il était fasciné, comment ne pas l'être ? Le contraste entre la beauté délicate, presque fragile de la très jeune femme, allongée à même la poussière et les gravats, et sa mission, était beaucoup trop antinomique pour ne pas être hypnotisant. Durant ces journées qu'il passa en compagnie des tireurs, il garda son esprit et son attention fixés sur Solveig, comme un papillon ébloui, pris dans une lueur trop brutale.

Puis il s'en fut, ayant réussi non seulement à survivre aux tirs des soldats du Vikmund, mais aussi à l'humeur de la caporale. Lorsqu'il partit, les deux tireurs le saluèrent avec une sorte d'indifférence, sa venue dans leur vie n'était sans doute rien peur eux. Il avait pourtant usé de tout son charme, qui n'était pas moindre, afin de dérider la jeune femme mais elle ne lui avait renvoyé qu'une indifférence teintée d'ironie.

Profitant d'un convoi nocturne, il quitta la ville martyre, la ville clef, retournant à Kaldhvit, la capitale où se trouvaient les bureaux du journal. Il mit trois jours afin d'y parvenir, trois journées harassantes à travers un pays s'organisant pour une longue résistance.

Dès arrivé, c'est tout juste s'il s'accorda une douche, surexcité par la moisson qu'il ramenait. D'ordinaire il faisait confiance à son équipe afin de développer ses photos, s'occuper de la correction de ses articles, mais pas cette fois-ci. Sautant partout, il tint à tout superviser, et dans la lueur rougeoyante du labo photo, qui rappelait étrangement celle de Floten, il insista afin d'aider à développer ses clichés.

C'est le cœur battant qu'il vit la silhouette frêle de la jeune caporale, son fusil à la main, se former sur le papier dans le miracle du révélateur. Les clichés étaient très bons. Ils dévoilaient un instant volé à la guerre, avec cette jeune femme au regard clair, qui considérait avec dérision l'objectif de l'appareil photo. Sous sa chapka, ses yeux d'un bleu que le noir et blanc des photos soulignaient en gris pâle, étaient d'une étrange douceur, tandis que son visage aux traits de porcelaine, s'éclairait d'un demi-sourire. Sa beauté glacée le frappa. Son collègue s'exclama en suspendant le cliché sur un fil, afin qu'il s'égoutte.

— On a des filles aussi mignonnes dans notre armée ?

C'est à ce moment-là que sa beauté le transperça et prit toute son importance. Se souvenant du surnom doux que son binôme lui donnait, il murmura :

— Oui, c'est un ange…

L'autre haussa une épaule :

— Un ange de la mort alors !

CHAPITRE 6

Droit vers la mort et la guerre.

Harassés, les soldats se relayaient dans les caves servant d'abris, prenant un repos hâtif, absorbant un maigre repas. Les jours passés dans cette folle résistance, les avaient tous marqués. Sans doute étaient-ils bien trop conscients que leur ténacité était le verrou ultime, empêchant le flot des armées du Vikmund de déferler dans le centre du pays.

Par chance, ils recevaient de temps à autre du courrier, lorsque celui-ci parvenait à franchir le pilonnage imposé par l'aviation du Vikmund. Voir l'écriture d'un proche s'étirer sur une enveloppe, était une joie qui faisait monter les larmes aux yeux, même des plus aguerris. Parfois c'était le bonheur d'un colis venu depuis la cuisine d'une mère ou d'une grand-mère, et qui, débordant de victuailles, apportait un instant de répit à ces hommes et ces femmes.

Le solstice d'hiver et sa fête étaient passés depuis deux jours déjà, mais pas de fête ni de répit pour les soldats, lorsque Solveig eut la surprise de recevoir un colis. Elle le posa sur l'une des tables servant à l'ordinaire, tandis que Folder et quelques autres gars de son unité, faisaient cercle, aussi curieux qu'elle.

Le cœur bondissant, elle sortit sa baïonnette et ouvrit en trois coups secs. Une délicate odeur de cannelle se répandit dans toute la cave, alors qu'elle extirpait le gâteau enveloppé dans un torchon. Les yeux embués de larmes, elle le plaça bien au milieu de la table pour que tous puissent le voir. Elle n'avait pas besoin de les regarder afin de savoir qu'ils étaient tous étreints par la même émotion. Ce gâteau, traditionnel des fêtes d'hiver, était un retour à leur enfance, à ces moments de paix, de joie, de bonheur sans question. En une bouffée chargée de sucre et de cannelle, les voilà qu'ils repartaient vers ces instants paisibles, qu'ils rentraient chez eux, pour un fragile instant de grâce.

— Bon, tu le coupes, où tu attends qu'il pourrisse, grommela Folder, qui avait paradoxalement plus de mal à gérer ses émotions qu'on pouvait le supposer.

Elle retint un gloussement et, sans se faire prier, elle le coupa en parts plus ou moins égales. Elle choisit la plus large qu'elle lui tendit, avant de faire signe aux autres de se servir.

Hésitant, presque timide, chacun récupéra un morceau moelleux, fleurant bon l'enfance. Le gâteau n'avait par miracle que peu souffert de ses diverses tribulations et attentes dans on ne savait quels transports. Il leur sembla le meilleur qu'ils aient jamais goûté. Soudain, sortant une guitare récupérée dans quelques débris, un jeune soldat commença à en gratter les cordes, faisant naître les accords d'une chanson traditionnellement chantée pour cette fête hivernale. Peu à peu, entre les bouchées de gâteau, les voix des soldats se mêlèrent à celle de la guitare, faisant monter dans la nuit une douceur qui faisait fi de la mort et des souffrances. Comme n'attendant que ce moment, des flocons d'une neige tant espérée, virevoltèrent sur la ville assiégée, la recouvrant peu à peu d'une douceur ouatée.

Bientôt ce furent tous les soldats du Nord, qui, sourire aux lèvres, ravis de l'arrivée de la neige, reprirent la chanson qui montait depuis les profondeurs des caves leur servant d'abris. Effarés, ceux du Vikmund ne pouvaient pas comprendre. Pendant quelques secondes incertaines, les tirs cessèrent de part et d'autre, tandis que le chant s'élevait dans l'air glacé, repoussant la guerre, apportant un souffle d'espoir.

Le moment fut toutefois interrompu par l'arrivée du commandant, qui débarqua en tornade dans la cantine, faisant se figer chaque soldat. Il les considéra tous, une étrange lueur goguenarde pétillant dans son regard sombre, s'arrêtant un peu plus longtemps sur Solveig. Mal à l'aise, elle déglutit avec peine sa bouchée, qui soudain avait un goût de cendre.

D'un geste, son supérieur posa un journal sur la table, repoussant le colis afin que tous puissent mieux en voir le titre, qui s'étalait en lettres rouges. Rouge sang.

« L'ange de la mort » titrait l'hebdomadaire du « Peuple indivisible », dans un article écrit en mots hachés par Rolf Asfrid, alors qu'une photo d'une jeune soldat s'étalait en noir et blanc, juste en dessous du titre. Son charme gracile s'opposait au décor de ruines qui se devinait en arrière-plan, cependant que ses mains soutenaient un fusil semblant trop grand pour elle. Pourtant son regard clair, froid, dans lequel on pouvait lire une pugnacité sans faille, venait contredire d'une manière presque brutale, sa beauté délicate à la fragilité de poupée de porcelaine.

S'étouffant presque avec son gâteau, Solveig se reconnut aussitôt, pendant que ses camarades s'esclaffaient en réflexions gouailleuses. Désemparée, elle renvoya un coup d'œil au commandant.

— Je te l'avais dit caporale, la guerre se gagne aussi à la pointe d'un stylo !

— En quoi mettre ma photo et raconter je sais pas quoi sur les tireurs d'élite va faire quoi que ce soit ? s'exclama-t-elle avec une rage pleine d'incompréhension.

— Parce qu'en face, ce genre de propagande va les déstabiliser et gonfler de courage nos propres rangs. Tu sais parfaitement qu'au Vikmund les femmes n'ont pas les mêmes droits que les hommes !

Elle haussa une épaule agacée.

— Oui, tout le monde le sait !

— Tu sais alors aussi, combien leur religion, celle du Tout, les fanatise. Alors penser qu'ils peuvent être dans la ligne de mire d'une femme va les perturber, crois-moi !

Il jubilait tandis que les autres rigolaient en gros éclats lourds. Quant à elle, elle ne pouvait que rester là, à la fois ébahie et terrifiée : le reporter n'avait pas menti, en quelques gouttes d'encre il avait fait d'elle une héroïne …

CHAPITRE 7

Mais un jour le printemps reviendra...

Le dos en appui contre la porte ouverte d'un wagon à bestiaux, mis à disposition de l'armée afin de rapatrier ses troupes vers l'arrière, Solveig rêvassait tout en laissant planer son regard sur le paysage. Çà et là, des taches verdoyantes repoussaient la blancheur de la neige, alors que les pépiements des oiseaux annonçaient le printemps. Les traits tirés, elle ferma les yeux, s'efforçant de se reposer. Sans l'épaule à la fois confortable et rassurante de Folder, l'exercice était compliqué. Sans lui, elle se sentait démunie ce qui était ridicule, elle en avait bien conscience !

Leurs chemins s'étaient momentanément séparés : il filait vers le centre du pays afin de retrouver sa famille et elle obliquait vers l'ouest et les rivages encore pris dans les glaces, afin de rejoindre la sienne.

L'hiver avait apporté avec lui, outre son souffle glacé, une tension nouvelle qui avait profité aux troupes du Nord. Malgré les pertes, malgré le manque permanent de matériel, d'hommes et de repos, ils avaient tenu. Les beaux jours avaient éclos sur une situation bloquée, sur une ville dévastée dont il ne restait rien, rien d'autre que des pans noircis de ruines...

Puis un matin, les troupes du Vikmund, hagardes, incrédules, s'étaient levées afin de constater que Floten avait été vidée de leurs opposants. La résistance avait cessé avec une brutalité presque dérangeante. Pourquoi les Nordistes étaient-ils partis ? Pourquoi abandonner cette ville qu'ils avaient défendue avec tant de courage, d'abnégation ? À laquelle ils s'étaient accrochés avec l'énergie du désespoir ? Pourquoi s'enfuir après tous ces mois à en inonder la moindre ruelle de leur sang ?

La réponse à cette énigme ne fut pas longue à éclater : protégée par le rempart des batteries anti-aériennes ainsi que par les flottes lentes, mais redoutables de zeppelins, l'armée du Nord avait érigé après de longs mois d'efforts continus, une barrière de bunkers qui courait sur la totalité de leur frontière terrestre. La Trouée des Ours avait bénéficié d'un traitement de faveur, la rendant, ils l'espéraient, inexpugnable.

C'était ce à quoi ils avaient tous participé, exhortant les troupes à tenir Floten, pendant que travaillant nuit et jour, les équipes du génie alliées à des centaines d'entreprises du bâtiment, s'étaient associées dans un pari et un effort persistant.

Depuis des semaines déjà, toute la population vivant de ce côté-ci des montagnes, avait été évacuée, ne laissant que villages et champs abandonnés. Plus d'un million de personnes, effrayées et déstabilisées, avait été dispersées à travers tout le pays. Là aussi, le soutien et la solidarité avaient été infaillibles.

Aux armées du Vikmund, ils n'avaient laissé qu'une frange de terres surplombée par la barrière des montagnes, à présent lourdement défendue. Les troupes qui avaient tenu Floten et permis de contenir la progression des sudistes, avaient été envoyées à l'arrière pour un repos mérité. Quelques jours à passer dans leurs familles, à retrouver une vie si ce n'était normale, du moins loin de la puanteur de la mort et celle plus atroce encore de la peur.

Depuis presque deux ans qu'elle avait incorporé l'armée, c'était à peine la quatrième permission que la jeune fille obtenait. Elle avait si peu vu les siens… Leur souvenir pourtant la portait à chaque instant, et c'était bien pour eux qu'elle se battait avec cet acharnement et cette rage.

Elle ignora l'agitation joyeuse des gars qui, ravis de rentrer chez eux pour quelques jours, commençaient déjà à faire la fête ! Elle préféra fermer les yeux et rêver à la quiétude des montagnes.

Enfin après des heures à être trimballée dans le roulis bruyant des wagons, le train stoppa dans un mugissement de yak, dans la gare d'une petite ville côtière. Solveig attrapa son sac et, son fusil sur l'épaule, elle sauta à terre. Les autres lui firent des au revoir bruyants qui la firent sourire. Elle remonta son barda sur son dos et, d'un pas ample, sortit de la gare. La neige était encore bien présente dans cette partie du pays, bien qu'un ciel azuréen annonçât déjà le printemps.

Dans la ville, rien n'avait changé depuis qu'elle était partie, depuis que la guerre avait éclaté, si ce n'était des sacs de sable, qui entouraient les bâtiments importants, les protégeant de possibles bombardements. Le cœur battant, Solveig remonta la rue principale, ses boots frappant les pavés des trottoirs dans un bruit sourd qui, a lui seul, apportait la guerre dans cette quiétude. Les gens qu'elle croisait, la considéraient avec stupéfaction, presque avec crainte. Aucun ne lui disait bonjour comme autrefois… Cela la chagrina, toutefois elle refusa d'y accorder la moindre parcelle d'importance.

« Tant pis pour ces pleutres ! » songea-t-elle en accélérant le pas.

Elle dépassa le centre-ville qui regroupait d'anciennes maisons familiales, afin de gagner les quartiers neufs de la ville, ceux construits bien après la chute de la royauté. Là, de grands ensembles d'appartements modernes se dressaient face à l'océan, blottis douillettement autour de cours couvertes et chauffées. Grimpant une courte montée, elle se dirigea vers l'un de ces complexes à la façade en bois et aux larges terrasses. Un sourire étira bien involontairement ses lèvres, et c'est d'un pas encore plus vif qu'elle poussa la porte du bâtiment.

Enfin après tous ces mois, elle rentrait chez elle.

La porte grinça sur ses gonds, comme autrefois, avant de se rabattre dans son dos. Elle entra dans l'immense cour surmontée de sa verrière, qui laissait filtrer les rayons du soleil. Ses semelles résonnant sur le carrelage, elle s'avança vers l'un des escaliers qui grimpait vers les coursives, lorsqu'une voix, un peu sèche, l'interpella.

Elle se retourna, surprise, afin de faire face à un jeune garçon d'une vingtaine d'années, à la silhouette dégingandée de vieil adolescent.

— Eh, la soldat, où vas-tu comme ça, s'exclama-t-il d'une voix qu'elle trouva tout sauf aimable.

Fronçant les sourcils, elle répliqua d'un ton plus mordant que la situation ne le nécessitait, mais elle était bien trop excitée à l'idée de revoir enfin sa famille, pour que quiconque se mette en travers de sa route !

— Je rentre chez moi, y a un problème… Où est Renata ?

Le garçon pâlit, avant de grogner :

— Renata a été mobilisée, je suis son cousin, c'est moi qui la remplace à la conciergerie... Tu es Solveig hein ? On dit que tu as tué des milliers de Vik', c'est vrai ?

Renata, mobilisée elle aussi... La nouvelle prit Solveig de court, plus que la question qui suivait d'ailleurs. Sans doute était-elle blasée par ce genre d'interrogations qui l'accompagnaient depuis que ce fichu article était sorti. D'autres, du même acabit, avaient suivi et, du jour au lendemain, elle était devenue une sorte d'héroïne suscitant admiration, fantasmes et peur.

Déçue de ne pas avoir revu son amie d'enfance, l'exubérante Renata, elle espéra que tout allait bien pour elle en dépit des circonstances. Elle tourna le dos au nouveau concierge, et le laissant planté dans la cour, elle grimpa quatre à quatre l'escalier montant au dernier étage. Des mamies, assises en cercle autour du feu qui brûlait tout au long de l'hiver, la suivirent du regard, mais elle ne s'en soucia pas. En deux bonds elle fut devant la porte de l'appartement de ses parents et, le cœur chaviré, elle en poussa la porte.

Une odeur de café fraîchement moulu et de pain chaud, la saisit à la gorge, tandis qu'elle entendait les pas de sa mère aller et venir dans le coin cuisine. Les larmes aux yeux, elle s'avança dans l'immense pièce à vivre, baignée de soleil. Sous ses semelles, le parquet grinça, alertant sa mère qui, posant un pain brûlant sur la table, se redressa, la mine à la fois inquiète et curieuse.

Des larmes coulaient sur les joues pâles de Solveig, tandis que sa mère la contemplait sans bouger.

— Maman, c'est moi..., murmura-t-elle tout en laissant tomber son sac.

— Solveig ! s'écria soudain sa mère qui, lâchant son torchon, se précipita afin de l'embrasser.

Elles pleurèrent un long moment avant que, reprenant leurs esprits, elles s'installent autour d'un café, dont l'arôme parut l'odeur la plus délicieuse que Solveig ait sentie depuis longtemps.

Coupant le pain, sortant beurre et confitures, sa mère se récriait sur ses joues creuses et son teint blafard.

— Ils ne te nourrissent pas, dis donc !

Solveig sourit avec un brin d'amertume. Qu'est-ce que les civils pouvaient comprendre à ce qui se passait ? Ici rien n'avait changé, alors comment auraient-ils pu imaginer l'horreur qui se déroulait jour après jour au-delà des montagnes ?

Appuyant son fusil de précision contre sa chaise, elle ne répondit rien, se contentant de humer sa tasse. Du café. Du vrai café !

— Erling était là le mois dernier, tu l'as raté de peu…

— Oh, comment va-t-il ?

— Plutôt bien, tu sais qu'il était sur ce projet de bunkers dans les montagnes ?

Solveig hocha la tête tout en buvant à petites gorgées le liquide brûlant, le savourant avec extase. Son frère aîné avait été sélectionné dans le Génie, là où ses qualités d'étudiant en école d'ingénieur pouvaient être les plus utiles. La rationalisation des effectifs était le maître mot.

— Bon, attends, je vais appeler ton père, qu'il laisse tomber son usine, on a mieux à faire hein !

Finalement, quelques minutes plus tard, son père et son frère Almaric poussèrent la porte de l'appartement, stupéfaits et fous de joie de découvrir Solveig plantée dans la cuisine. Croyant à un problème, ils étaient revenus en catastrophe depuis l'usine de camions, où ils s'activaient tous deux à la production de véhicules pour l'armée.

— Soso ?! Mais qu'est-ce que tu fous là ? s'exclama son frère, les premières émotions passées.

Son sobriquet venu d'une enfance qui lui parut soudain très lointaine, la fit rire.

— Floten est tombée, alors mon bataillon a obtenu une perm' de dix jours… Nous ne sommes même pas passés en caserne, c'est pour ça que j'ai tout mon barda. J'arrive direct du front, avec les poux et la puanteur en cadeau !

Son frère lui renvoya une grimace, qui la rasséréna. Son monde reprenait place et normalité, enfin.

— Tu étais à Floten ? remarqua son père, avec une brève hésitation. Il paraît que c'était pas très joli joli là-bas…

Elle haussa une épaule, revoyant sans le vouloir les ruines fumantes de la ville, tandis que son nez en respirerait à jamais la pestilence. Elle ne répondit rien, se contentant de se baisser et de dénouer les longues bandes molletières qui enserraient ses jambes et son pantalon, ce qu'elle n'avait pas pu faire depuis des jours. Ôtant ensuite ses boots, elle savoura la douceur du parquet sous ses pieds, poussant sans le vouloir un profond soupir de bien-être.

— Tu sais qu'il y a eu des articles sur toi, dans « Le Peuple indivisible » ? ajouta son père à mi-voix.

Elle se redressa et, soutenant son regard, elle lâcha enfin :

— Oui, je sais ! Donc non, je n'ai pas tué des milliers de Vik', mais oui, je suis tireur d'élite et oui, j'abats des types d'une seule balle dans la tête ou le cœur. C'est ce qu'on me demande de faire !

Puis se levant d'un mouvement un peu brusque, elle grinça :

— Je vais prendre une douche, ça fait plus de quatre mois qu'on n'a pas pu se laver…

Revenir chez elle, après en avoir tant rêvé, n'était pas une déception, mais un fossé s'était creusé entre elle et ses proches. Sans doute était-ce inéluctable. Les expériences qu'elle avait vécues ces derniers mois l'avaient marquée de manière irréversible, comment cela pouvait-il être autrement ? Elle avait appris à tuer, à brandir une arme et, sans sourciller, appuyer sur la détente. Comment son père, aimable ingénieur spécialisé en mécanique, pouvait-il comprendre ça ? Elle-même était étrangère à ce qu'elle était devenue, cette jeune caporale âpre et froide. Parfois elle se considérait avec stupeur, se demandant si c'était bien elle qui brandissait ce fusil…

Elle resta de longues minutes sous la douche, savourant le jet brûlant qui ruisselait sur sa peau. Fermant les yeux, elle imaginait que l'eau entraînait avec elle toutes les images atroces, toute la peur et le dégoût accumulés ces derniers mois.

C'était illusoire, néanmoins cela la ravigota. Elle lava trois fois ses cheveux, qui, en dehors de toutes coupes, avaient poussé comme de la folle avoine. En dénouant sa longue tresse, elle fut surprise de constater qu'ils lui descendaient bien au-delà des reins à présent. Elle réprima un gloussement.

« Tiens, la guerre profitait donc bien à certains ! »

Elle jeta son uniforme raide de crasse dans le panier à linge et, avec un frisson de délice, elle enfila l'une de ses jupes préférées. Se couler à nouveau dans la peau d'une jeune femme était un bonheur ineffable. Sur sa longue jupe en velours rouge, elle passa un chemisier et un pull puis, brossant ses cheveux, elle les laissa flotter librement dans son dos. Avec un tressaillement d'appréhension, elle jeta un coup d'œil au miroir en pied qui trônait dans la salle de bains lambrissée de bois clair. Il lui renvoya l'image d'une femme, à peine sortie de l'adolescence, à la silhouette gracile, presque frêle, dont le regard hanté réfutait pourtant la jeunesse.

Elle soupira. Comment en vouloir à ses proches de ne pas la reconnaître… Elle n'était plus la Solveig d'antan. Une seconde, elle songea à Folder, l'enviant presque. Il allait retrouver sa demi-douzaine de conquêtes, faire la fête et oublier pour quelques jours l'atroce réalité de ces derniers mois. Elle aurait bien souhaité, elle aussi, se glisser entre les bras rassurant d'un homme, amoureux d'un soir ou d'une heure et, dans une brume d'alcool et de volupté, reléguer loin d'elle les souvenirs venus de Floten. Mais elle était devenue, bien contre son gré, « l'ange de la mort », aussi soupçonnait-elle que peu de candidats se bousculeraient afin de l'approcher !

CHAPITRE 8

Pleurant des nuits entières

Puis, les jours filant plus vite lorsqu'on n'est pas sous le feu ennemi, mais au chaud et en sécurité, Solveig remonta dans le train qui la ramenait vers le front.

Toutes ses affaires sentaient la lessive à vingt pas, et elle se demandait comment elle pourrait se camoufler, escortée par ce parfum qui l'accompagnait, voire la précédait ! Enfin, elle n'avait pas à s'inquiéter, là où elle irait et peu importait l'endroit, elle n'aurait que peu le loisir de garder un uniforme propre.

Elle retrouva Folder avec un certain soulagement, agacée d'avoir dû supporter la curiosité de soldats d'autres unités que la sienne, qui, comme c'était devenu une sorte de routine, l'interpellaient sur le nombre exact de ses cibles. Lorsque l'immense sergent prit place dans le wagon, il calma tout le monde d'un seul regard, avant de s'installer aux côtés de sa binôme.

Un sourire détendu illuminait son visage aux traits d'ordinaire peu amènes, elle n'eut donc pas besoin de lui demander comment avait été sa perm'. Ça se lisait très bien sur sa figure ! Il sembla pourtant heureux de la retrouver, comme si, lui aussi, éprouvait cette ambivalence entre ce qu'il était devenu et ce qu'il ressentait, et qu'elle seule pouvait le comprendre à présent.

Ils ne prononcèrent pas un seul mot, se contentant d'échanger un court sourire. Fouillant dans son sac, elle en sortit des sandwiches faits le matin même par sa mère, qui s'était levée aux aurores afin de préparer du pain frais. Elle en tendit un à Folder qui, de son côté, exhiba un plein torchon de biscuits, encore tièdes. Rassérénés, ils dégustèrent leur repas en silence. Retrouvant leurs habitudes, elle s'appuya contre lui, mâchouillant son pain et son jambon dans une connivence qui n'avait nul besoin de parole.

Où allaient-ils être envoyés ? Quelque part, peu leur importait, ce serait de toute manière dans un endroit dangereux, c'était leur lot dans cette guerre…

Ils ne se trompaient pas ! Leur bataillon fut affecté non pas à la garde de la longue barrière de bunkers, le Mur, comme certains se plaisaient à le nommer, mais bien au-delà ; dans ces terres vidées de leurs habitants, devenues à présent une sorte de *no man's land*, où les batailles inutiles se multipliaient. Bientôt plus un seul brin d'herbe ne pourrait pousser dans ce sol laminé par les obus de tous calibres.

C'est dans cette apocalypse quotidienne que Solveig et Folder se mouvaient, survivants d'une heure à une autre, d'une journée à une nouvelle. Folder, parce qu'il était le plus expérimenté des deux, demeurait dans un rôle d'observateur. C'est lui qui déterminait les cibles à abattre, qui estimait les variables comme la distance, le vent ou le taux d'hygrométrie ; c'est lui aussi qui couvrait Solveig, vulnérable sans sa vigilance. Il ne dédaignait pas non plus aligner quelques ennemis si la nécessité l'imposait, mais, peu à peu, leur binôme s'était installé dans ces repères-là, les rendant d'une efficacité redoutable, presque terrifiante. Ils se comprenaient d'un regard, d'un mouvement à demi esquissé. Lorsqu'ils se tenaient dissimulés sous un arbuste, leur camouflage fait de feuilles et de toile de jute, les rendait invisibles. Ils pouvaient rester là des heures, des jours s'il le fallait, sans bouger, simplement allongés dans la poussière, l'œil rivé à la lunette de précision, à attendre, attendre que l'objectif se présente, puis l'éliminer d'une seule balle.

Pour eux, c'était tout sauf un jeu. Solveig serrait les dents, se demandant quand toute cette folie prendrait fin et comment elle pourrait vivre après ça… L'illusion de croire qu'une fois la guerre terminée, elle reprendrait sa vie au point où elle l'avait laissée, s'était envolée avec bon nombre d'autres de ses rêves d'enfance. Après ce qu'elle avait vécu, après ce que la propagande avait fait d'elle, elle ne pourrait pas reprendre son existence comme si rien ne s'était passé… Les visages des centaines de ceux qu'elle avait abattus, ne venaient pas empoisonner ses nuits, pas aujourd'hui du moins, bien que le regard bleu de sa première cible remontât parfois des limbes. Il la surprenait au détour d'une conversation, d'un éclat de rire, d'une progression dans un chemin creux et, parfois, dans le silence de la nuit. Elle le repoussait avec rage, refusant de céder à toute culpabilisation. Oui, elle l'avait abattu, c'était un fait ! Mais elle se battait pour son pays, et refusait de courber l'échine. Peu importait jusqu'où elle devrait aller dans son sacrifice !

Avant de subir une guerre éclair ainsi qu'une défaite cuisante qui lui avait valu d'être amputé de la moitié de son territoire, le Vikmund était un état paisible. Depuis, la colère et le traumatisme des déportés, les « déplacés » comme on les nommait, avaient secoué tout le pays, le faisant irrémédiablement tomber dans un système dur, inflexible. Trois fois plus nombreux, mieux entraînés, mieux équipés, c'était ce à quoi s'étaient heurtées les troupes du Snofjell. Mais ça, c'était au début du conflit ! À présent, l'armée du Nord s'était aguerrie et, peu à peu, leur équipement venait surpasser celui du Sud. Ils pouvaient compter sur leur force industrielle dense, sur les cerveaux actifs de milliers d'ingénieurs qui, de jour comme de nuit, planchaient sur de nouveaux systèmes d'armes, de munitions, d'avions ou de chars. Chacun savait qu'une action individuelle additionnée à d'autres, devient une force invincible.

Les journalistes, de leur côté, ne restaient pas inactifs, loin de là ! Ils inondaient le pays d'articles et d'émissions sur la réalité de la guerre, sur les efforts à fournir et, surtout, sur l'héroïsme des soldats. Ils exhortaient à tenir, à ce que chacun fasse son devoir, que ce soit une arme à la main ou à l'usine. Ceux du Vikmund étaient présentés tels des lâches, tandis que le courage des troupes du Nord, mis en avant, était magnifié.

Solveig devint ainsi l'une de ces égéries de guerre, à la fois symbole et exemple. Sa beauté, sa jeunesse, son apparente fragilité ne pouvaient qu'interpeller alors que sa témérité et son sang-froid étaient érigés en vertu. Elle était « l'ange de la mort ». Ce surnom qu'elle n'avait pas voulu lui collait à présent à la peau. Partout où elle passait, elle attirait des regards à la fois curieux et admiratifs, mais aussi effrayés. Serait-elle un jour à nouveau Solveig ? Où resterait-elle à jamais cette icône construite de toutes pièces par les médias ?

Le résultat de cette propagande ne s'était pas fait attendre : des centaines de jeunes se bousculaient devant les centres de sélection de l'armée du Nord, réclamant eux aussi d'aller se battre ! Au vu des pertes, même ceux qui n'avaient pas été retenus de prime abord, étaient à nouveau réexaminés.

En face, ceux du Vikmund étaient ulcérés par cette publicité faite à une soldate, à une femme ! Ces barbares du Nord, sans honneur ni respect, faisaient combattre leurs femmes ! Les soldats, tout à coup, redoutaient tout autant de se faire tuer par une main féminine que de devoir en abattre une ! C'était une angoisse qui, bien réelle, parcourait les rangs des troupes en gris, contre laquelle leurs supérieurs avaient peu de réponses à apporter. Eux-mêmes étaient dépassés dans leurs certitudes : un peuple capable de sacrifier des jeunes filles et les envoyer en première ligne, c'était un peu trop pour eux !

Alors ils mirent à prix la tête de Solveig.

Morte ou vive elle devait être arrêtée. Au fil des mois, des années, cet ordre se transforma en impératif et, à son tour, elle devint une cible.

À vrai dire, elle s'en fichait un peu ! Aux côtés de Folder, elle savait qu'elle ne risquait rien. Que les Vik' viennent donc la chercher, elle avait une balle de 7,62 pour chacun d'entre eux !

CHAPITRE 9

Alors que volent les bannières,

Les jours, les mois s'étirèrent bientôt en années, dans un conflit stagnant tel un marais putride. Trois ans déjà que cette guerre insensée avait débuté, et Solveig, à bientôt 21 ans, n'en imaginait plus la fin. Sa vie ne se limitait qu'à viser et tirer. Serait-elle un jour capable de faire autre chose ? Parfois elle en doutait…

Chaque seconde était différente, et toutes cependant étaient semblables dans la peur et l'horreur. Parfois il y avait un répit dans l'enchevêtrement d'atrocités, une permission qui éclairait sa vie d'un rayon de ciel bleu, même si elle s'éloignait chaque jour un peu plus des préoccupations qui tenaillaient les civils.

Parfois c'était un séjour à l'hôpital qui malgré blessures et douleur, lui permettait de s'allonger entre des draps blancs, propres, et dormir, enfin. Ni Folder ni elle-même ne s'imaginaient invincibles, mais ensemble ils l'étaient presque. Leur force, c'était leur cohésion, leur complicité forgée au fil du temps et une confiance inébranlable.

Ce jour-là, Folder fut évacué à l'arrière : il s'était coupé quelques jours auparavant en escaladant une clôture en fil de fer barbelé et, ce matin, sa main avait doublé de volume. Solveig, affolée, l'avait conduit elle-même chez le médecin, lui criant qu'il était aussi irresponsable qu'un enfant ! Sa peur de le perdre se lisait dans son regard étiré d'effroi.

Le médecin n'eut besoin que de quelques secondes afin de juger son patient. Bardé de piqûres, il fut envoyé dans un hôpital pour y être opéré. Solveig regarda l'ambulance l'emporter, en proie à un sentiment d'abandon et de perte qui la laissa tétanisée. Elle pouvait l'entendre gueuler, dans un effort pour la rassurer même s'il était teinté de vérité, qu'elle ne s'en fasse pas, il allait séduire toutes les infirmières ! Un sourire trembla sur ses lèvres alors qu'une angoisse inimaginable l'étouffait presque. Ce n'était pourtant pas la première fois que le grand sergent était blessé, alors pourquoi aujourd'hui cet épiphénomène devait-il être un drame ?

Elle l'ignorait, cependant son cœur n'était plus que glace. Les yeux embués de larmes, elle se dirigea vers la tente de son commandant afin de lui rendre compte de la situation. Poussant la toile qui en fermait sommairement l'entrée, elle salua, sans pouvoir maîtriser le tremblement de sa voix.

— Commandant, le sergent Asgeïr vient d'être évacué, il a une septicémie ou je sais pas quoi…

L'officier releva la tête de ses cartes étalées sur son bureau, la considérant avec stupeur.

— Te voilà sans observateur, c'est ça ?

Elle hocha la tête, tandis que des larmes qu'elle ne maîtrisait pas, roulaient sur ses joues pâles.

— Je vais devoir t'en trouver un autre, parce que j'ai justement une mission à te confier, qu'il est impossible de différer.

— Excuse-moi commandant, mais sans Folder je ne peux pas être efficace.

Son supérieur la fixa d'un air dur, en fronçant les sourcils.

— Te voilà bien émotive, caporale ! Reprendstoi ! Tu pars en mission cette nuit, c'est un ordre.

Elle voulut ouvrir la bouche, protester, ce fut impossible, le commandant la renvoya d'un geste impérieux. Agitée par mille émotions, toutes faites de peurs, elle partit s'allonger dans un coin. Attrapant sa couverture, son fusil, elle sombra bientôt dans un sommeil peuplé de cauchemars.

Elle en sortit hagarde, mal reposée et bougonne. Aussi, lorsqu'un jeune soldat se présenta comme son nouveau binôme, l'accueillit-elle avec hargne. Impressionné malgré lui d'être affecté auprès de « l'ange de la mort », déstabilisé par son regard froid et son ton cassant, la jeune recrue perdit tous ses moyens.

Glissant dans la nuit, ils se faufilèrent jusqu'à une position qui leur permettrait d'avoir une vue plongeante sur une route qui, tombée aux mains des Vik' quelques jours auparavant, leur servait à amener du matériel. Jetant un coup d'œil peu amène à son nouvel observateur, elle s'allongea sans bruit, calant son fusil contre son épaule. Elle aimait les missions de nuit. Elle aimait ces moments de calme, où l'obscurité était à peine troublée par le cri d'un corbeau ou celui d'un tir de mortier. Se fondre dans les ténèbres, puis repérer sa cible au rougeoiement d'une cigarette, au reflet de la lune sur un bouton de vareuse, à quelques sons portés par la nuit, à une odeur de tabac ou de savon, était devenu pour elle une seconde nature. Son âme de chasseuse prenait tout son sens sitôt le soleil couché.

Elle fulminait en collant son œil à sa lunette nocturne, sans que pourtant son agitation intérieure ne transparaisse dans ses gestes. L'infime raclement du corps de son binôme, prenant place à côtés d'elle, la fit presque bondir de rage.

« Il voulait les faire repérer ou quoi !? »

Elle lui renvoya un regard assassin, qui le pétrifia. Tremblant, il ajusta ses jumelles à vision nocturne, un tout nouveau chef-d'œuvre d'ingénierie, et s'efforça au calme. Tout à coup il avait bien moins peur des Vik' que de la petite caporale ! Un je-ne-sais-quoi, lui faisait suspecter qu'elle pouvait d'un seul mouvement et dans un silence total, dégainer sa baïonnette et l'égorger. Il soupçonnait même qu'elle y prendrait un certain plaisir…

Il tenta de se concentrer, se raccrocha à tout ce qu'il avait appris au cours des huit mois de formation à l'école des tireurs d'élite, mais sans succès. À tel point qu'il ignora d'où vint le coup qui l'étendit dans la boue.

Au même instant, Solveig sentit la froideur effrayante d'un canon en acier se poser sur sa nuque. Elle ne bougea pourtant pas, se raidissant à peine. Une voix aboya quelques mots à son oreille, tandis qu'on lui retirait son fusil et qu'on la fouillait sommairement. Elle ne résista pas. Elle savait qu'elle n'avait aucune chance et que le pistolet qui s'appuyait sur sa peau, la tuerait au moindre geste suspect. On lui enleva ses autres armes, ses cartouchières, puis on lui lia les mains dans le dos. La redressant d'une poigne rude, elle vit alors son jeune binôme, allongé au sol, du sang s'écoulant de sa tête meurtrie. Était-il mort ? Elle n'en savait rien. Ce n'était toutefois pas son problème immédiat, hélas. Bien contre son gré, elle fut poussée dans un camion, et emmenée elle ne savait trop où. Le trajet dura des heures. Enfin, somnolente et épuisée, on la descendit *manu militari* et des soldats la poussèrent sous une tente. Malmenée, elle tomba, fut remise sur ses pieds d'une bourrade qui la meurtrit, pourtant elle réprima le cri de douleur qui montait à ses lèvres. Au contraire, elle se redressa, carra ses minces épaules et renvoya un regard glacé à l'officier qui lui faisait face.

Ce dernier portait le long manteau sombre des commissaires, ce qui la laissa indifférente. Il aurait pu être l'un de leurs dirigeants, cela lui aurait fait le même effet ! Elle soutint son regard, sans répondre à ses multiples questions. Elle se contenta d'ânonner, en boucle, son nom et son grade.

— Caporale Solveig Osbern, 3e bataillon d'assaut.

Au bout de quelques minutes à peine, l'autre devint presque fou de rage. Sans chercher à se contrôler, il lui assena un aller-retour qui l'envoya valdinguer au sol. Ses dents s'entrechoquèrent et sa lèvre supérieure éclata. Groggy, elle resta là, luttant pour ne pas s'évanouir. Elle perçut un vague brouhaha, des pas claquant sur le sol en terre battue, tandis que des éclats de voix lui firent lever la tête. Les idées confuses, le sang s'écoulant sur son uniforme, elle aperçut un nouvel officier, reconnaissable à son col rouge et or, qui, accompagné de deux soldats, s'était planté devant le commissaire. Il s'exclama qu'elle était sa prisonnière et qu'il avait ordre de l'emmener saine et sauve. Il cingla les derniers mots, l'air furieux.

Les paroles firent lentement leur chemin, non parce qu'elle ne comprenait pas le Vikmundien, elle avait appris cette langue dès son plus jeune âge et la maîtrisait plutôt bien, mais parce qu'elle était en état de sidération. En parlant, l'officier s'était tourné vers elle, lui lançant un coup d'œil dont la colère ne la visait pas. Elle fut cependant transpercée par son regard, un regard d'un bleu intense, d'un bleu printanier dont elle n'avait jamais oublié la tonalité particulière. Chancelante, elle resta là, effarée, sans comprendre comment il pouvait être sur ses deux jambes alors qu'elle l'avait étendu d'une balle, presque deux ans auparavant.

« Soit c'est un fantôme et je suis morte, soit je suis devenue folle », songea-t-elle sans parvenir à détourner ses yeux de la haute silhouette qui la surplombait.

D'un geste, l'officier fit signe à l'un des soldats de la mettre debout. Elle fut relevée sans ménagement, mais sans rudesse inutile non plus. Elle fut propulsée hors de la tente, pendant que l'officier saluait le commissaire dans un claquement de talons dont la martialité semblait empreinte de goguenardise. Une fois dehors, l'un des soldats coupa ses liens alors qu'un autre lui demandait de tendre ses mains devant elle. Encore à demi sonnée, toujours peu certaine de ne pas être morte, elle s'exécuta. Dans un clic, il lui fixa des menottes aux poignets, avant de la pousser vers un véhicule à six roues motrices. Ahurie, elle se laissa tomber sur la banquette. L'officier prit place à côté d'elle. Il claqua la portière et d'un ton sec, intimant l'ordre au chauffeur de démarrer.

Effarée, Solveig ne pouvait détacher ses yeux de lui, trop étourdie pour parvenir à réfléchir. Il était vraiment vivant ?! Ou peut-être se trompait-elle… Il ne pouvait pas être sa cible !

L'air hagard, elle le dévisageait sans ciller, sans même se préoccuper de sa lèvre coupée qui saignait. Sans doute l'avait-elle oublié !

Peut-être perçut-il son regard insistant. Il tourna la tête, dardant sur elle un œil clair, dont le bleu printanier la transperça. Elle blêmit, réprima un sursaut, puis soudain soulagée, un sourire qu'elle ne put retenir, trembla sur son visage. Il fronça les sourcils se méprenant sur son soulagement.

— Ne vous réjouissez pas trop vite, caporale Osbern, j'ai pour ordre de vous conduire à Alenkabor, au Centre des Services de Propagande.

Elle haussa une épaule indifférente, alors que son sourire s'élargissait, l'esprit occupé par une seule pensée : il n'était pas un fantôme et elle n'avait pas raté son tir !

Comme elle ne répondait pas et le considérait toujours avec une sorte de curiosité avide, il serra les mâchoires, agacé. Désignant sa joue gauche, sur laquelle s'étirait une longue balafre, il lâcha d'un ton froid :

— Un sniper, il y a deux ans… Donc ne pensez pas que votre jeunesse ou votre qualité de femme pourraient attendrir qui que soit. En tout cas, pas moi ! Vous et tous les autres tireurs, êtes des lâches, vous dissimulant dans l'ombre et vous battant sans honneur…

Un sourire encore plus large trembla sur son visage alors que, sans pouvoir s'en empêcher, elle éclatait d'un rire de collégienne, relâchant toute la tension de ces dernières heures.

Stupéfait, il la dévisagea d'un regard froid, contenant une colère qui ne demandait qu'à jaillir. Pourtant au lieu de lui envoyer quelques claques afin de lui faire ravaler son hilarité, comme l'aurait sans aucun doute fait le Commissaire, au contraire il fouilla dans l'une de ses poches et lui tendit un mouchoir.

— Pour votre lèvre caporale… Et allez-y, riez, vous rirez moins au CSP, croyez-moi…

Stupéfaite, elle prit le mouchoir, ressentant à nouveau la brûlure de sa coupure. C'était une étoffe très fine, à la blancheur diaphane, qui n'avait sans doute rien à faire sur le front. Dans un angle, trois lettres étaient brodées d'une main pleine d'attention : LDS.

Elle hésita à gâcher le délicat tissu, mais le regard insistant de l'officier balaya ses scrupules. Après tout s'il s'en fichait, grand bien lui fasse ! Elle appuya le mouchoir sur sa mince plaie, jugulant le sang qui s'en écoulait. C'était douloureux, néanmoins elle ne frémit même pas. Qu'il n'aille pas se faire des idées, elle n'était pas une fleur fragile comme la femme qui avait brodé ces initiales !

« Lui en revanche, a dû bien gueuler après avoir mangé ma balle ! » songea-t-elle, en ricanant intérieurement.

Il avait été chanceux, outre d'être encore vivant, mais de surcroît de ne pas avoir été totalement défiguré.

« Les toubibs de son armée semblent plutôt bons, il n'y a rien à dire là-dessus… » se dit-elle tout en lorgnant sur sa cicatrice. Comment n'avait-il pas eu plus de dégâts, voilà qui était un mystère pour elle. Curieuse, elle se demanda si ses dents avaient sauté en même temps que sa joue.

Amusée par ses pensées, elle ne perdait pourtant rien de ce qui se passait alentour. Ce fut donc sans beaucoup d'étonnement qu'elle remarqua qu'ils roulaient à présent dans un champ, transformé en terrain d'aviation. Le véhicule stoppa au bas d'un solide bimoteur. Un soldat ouvrit la portière et, la prenant par un bras, l'amena jusque dans l'appareil. Il la poussa sur un fauteuil et, détachant l'une de ses menottes, la fixa sur la barre métallique supportant le siège. Attrapant une ceinture, il la lui boucla dans un clic sec, avant de s'installer sur un fauteuil derrière elle.

L'officier prit place dans la rangée d'à côté, tandis que deux autres gardes montaient à leur tour dans l'avion. Elle retint un rire effaré. Tout ça pour elle !? Il était certain qu'elle ne pourrait pas s'évader, si jamais l'idée de s'enfuir depuis un avion en vol, l'avait effleurée !

Soit, ils la considéraient comme une machine de guerre, ce qui était plutôt risible, car sans son fusil elle n'était pas grand-chose. Ce n'était pas avec ses cinquante kilos tout habillée, boots comprises, qu'elle allait affronter, à mains nues, des gardes surarmés. Enfin, c'est pourtant ce qu'ils avaient l'air de croire !

L'appareil lança soudain ses moteurs, et cahotant sur la piste improvisée, il accéléra afin de gagner les airs. Ils décollèrent dans des trépidations d'acier malmené, laissant derrière eux les champs autrefois verdoyants sur lesquels le soleil se levait à peine, tandis que le drapeau du Vikmund flottait au-dessus du camp. Dans un virage qui les emportait vers l'ouest, elle put néanmoins distinguer, sur l'étendard, l'aigle posé sur le globe terrestre, symbole du Vikmund, claquer dans un vent venu des montagnes.

CHAPITRE 10

Ainsi sanglotent les mères

Appuyant sa tête contre la carlingue, elle laissa son regard errer sur les paysages qui filaient sous le ventre de l'appareil. Il faudrait des heures avant d'atteindre Alenkabor, la majestueuse cité du Sud. Qu'allait-il lui arriver là-bas ? Serait-elle torturée ? Serait-elle capable de tenir… Autant de questions qui la tarabustaient, et auxquelles elle ne pouvait apporter de réponse. Elle les repoussa, préférant fermer les yeux et dormir. Quoi qu'il se passe être reposée serait un atout.

Avec une facilité exercée par des années passées à grappiller quelques heures de sommeil par-ci par-là, elle s'endormit, sa longue tresse à demi dénouée sur son épaule, tandis que des mèches effleuraient son visage.

L'officier la fixa quelques secondes, à la fois étonné et incrédule. Comment une aussi insignifiante jeune femme pouvait être « l'ange de la mort », comment pouvait-elle seulement soulever son fusil ?! D'autre part, comment pouvait-on penser qu'il était normal d'envoyer une femme dans un tel conflit ? Elle semblait si délicate… Ce peuple n'était qu'un ramassis de barbares pour infliger ça à leurs femmes, à leurs filles ! Il songea à sa jeune sœur, Alena, l'imaginant à la place de la caporale. À quelques mois près, elles avaient sans doute le même âge. Un frisson d'horreur le parcourut à cette idée. Par chance elle était chez eux, en sécurité dans l'appartement de leurs parents, et son fiancé, jeune et ambitieux pilote, veillerait sur elle. Il respira un peu mieux, soulagé d'être né dans un pays qui se souciait de ses femmes et savait les protéger.

Un instant il se surprit à éprouver un brin de pitié pour la jeune fille, endormie et menottée. Elle semblait si vulnérable ! Qui s'inquiétait pour elle ? Pas grand monde, sans doute, au vu du peu de cas qu'ils faisaient de la partie féminine de leur population ! D'un mouvement presque rageur, il repoussa cette pensée dérangeante, se rappelant d'Hynek, abattu à Floten.

Il détourna la tête, refoulant son chagrin. Malgré le temps, la mort de son jeune frère était une perte dont il ne se remettait pas. Sans doute était-ce aussi pour ça qu'il avait mis tant d'acharnement à mettre la main sur « l'ange de la mort ». Maintenant qu'elle était là, sa haine à son égard, à l'encontre de tout ce qu'elle était, souffrait d'une faiblesse due à la dichotomie entre son apparence et ce qu'elle était en réalité.

Furieux après lui-même, il sortit un carnet, préférant se concentrer sur ses notes et le rapport qu'il aurait à faire.

L'appareil tressauta en abordant le massif des Tassons, hautes montagnes occupant une partie du centre du Biscantin. L'officier releva une seconde la tête, admirant ces paysages de sommets effilés, de neiges et de glaciers, bien éloignés de ceux de sa région natale.

CHAPITRE 11

Ce fut un choc qui tira Solveig du sommeil. Hébétée, elle ouvrit péniblement les yeux. Un officier Vik', penché sur elle, la secouait. Effrayée, elle tenta de se débattre, mais en fut empêchée par des menottes qui entravaient ses mouvements.

— Ah, vous êtes vivante ! s'exclama l'officier avec une sorte de satisfaction, voire de soulagement dans la voix.

— Ben évidemment, grogna-t-elle, les idées encore un brin en déroute.

— Vu la situation ce n'était pas évident, caporale !

Ce fut à cet instant qu'elle remarqua le silence. Nul bruit de moteur, nul craquement de carlingue. Seulement un silence à peine troublé par le grincement du vent jouant avec une ferraille. Elle se redressa, le cœur battant, comprenant presque instinctivement ce qui s'était passé.

De la tôle tordue un peu partout, tandis que tout l'avant de l'appareil avait disparu, laissant à la place un trou béant dans lequel la neige, poussée par le vent, s'engouffrait en tas vaporeux. Elle se retourna. Derrière elle, les gardes étaient morts, décapités ou écrasés par des objets qui avaient volé au travers de la carlingue lors du crash. Des pilotes ou du cockpit nulle trace.

Terrifiée, elle s'exclama, tentant de maîtriser sa panique.

— Détache-moi !

Comme il hésitait, elle s'écria :

— Où veux-tu que j'aille ? On s'est écrasé !

Il sembla peser le pour et le contre, puis finalement ouvrit la menotte attachée au siège, la bouclant autour du poignet de la caporale. Il vit un éclat de colère passer dans son regard clair, mais fut étonné de l'entendre murmurer d'une voix qu'elle contenait :

— D'accord. Je comprends. Écoute, nous devons savoir où nous sommes, sinon nous allons crever ici, de faim et de froid.

Il ne releva pas le tutoiement, sachant que les barbares du Nord ne connaissaient pas d'autres formes de communication, et certainement pas la moindre parcelle du respect le plus élémentaire. Néanmoins, elle n'avait pas tort !

Il hocha la tête.

— Pour ce que j'en sais, l'avion a été touché par un tir, peut-être des terroristes appartenant au Front de Libération du Biscantin. Je ne sais pas. En tout cas les pilotes ont tenté d'atterrir, mais en pleine montagne…

— On est dans les Tassons ! s'exclama-t-elle avec un cri affolé.

— Affirmatif.

— Alors, on est dans la merde…

Elle ferma une fraction de seconde les yeux, essayant de maîtriser ses peurs et reprendre son sang-froid.

— Nous devons faire l'inventaire de nos ressources et descendre dans les vallées.

— Attendez ! Les pilotes ont dû lancer un message de détresse, on ne va pas tarder à nous secourir. Ne croyez pas que vous pourrez échapper si facilement que ça aux interrogatoires qui vous attendent !

— Mais bordel ! Ouvre les yeux ! On est en pleine montagne ! Qui viendra ?! Qui pourra nous retrouver ? Autant chercher une aiguille dans une botte de foin ! Je m'en cogne de ton CSP ! On a des soucis bien plus urgents, là !

Ils se défièrent quelques secondes du regard. Il serra les dents, furieux, cependant qu'une part de lui-même s'ébahissait d'un tel tempérament. Jamais ni sa sœur ni sa mère ne se seraient permis de lever ainsi la voix !

— Tu t'y connais en montagne ? Tu as seulement déjà vu de la neige ? poursuivit-elle d'un ton acide.

— Eh baissez d'un ton, caporale ! Nous n'avons peut-être pas de montagnes chez nous, mais nous sommes entraînés à affronter toutes les situations !

— Très bien, alors tires-en les conclusions de ce que tu vois autour de toi, Monsieur JeSuisEntraîné !

Il se redressa, jetant un coup d'œil à l'avion dévasté. Dévisageant à nouveau la jeune Nordiste, il vit son regard tendu, empreint d'une peur qu'il n'y avait pas encore vue, pas même lorsqu'il avait mentionné le très redoutable CSP. Il devait reconnaître que la situation n'était pas glorieuse…

Que préconisait le règlement dans un tel cas, hors contacter des secours ? Gagner le plus vite possible un centre de police afin d'y sécuriser le prisonnier. Il hocha la tête.

— Très bien. Restez là, je vais voir ce qu'on peut trouver comme matériel.

— Non, non ! Je m'occupe du matos, toi tu cherches des cartes, qu'on sache où on est !

Il posa la main sur le pistolet qu'il portait à sa ceinture, sous son long manteau gris au col droit.

— D'accord, mais au moindre geste suspect je vous abats comme vous le faites chaque jour que le grand Tout amène… Et ne cherchez pas les armes, je les ai déjà sécurisées dans la soute, pendant que vous dormiez.

Elle haussa une épaule.

— Parfait, au moins tu as fait l'inventaire de notre armement !

CHAPITRE 12

Inondant de prières

Le soleil faiblissait à l'horizon, teintant de pourpre les sommets enneigés, tandis que les ténèbres prenaient déjà possession des montagnes.

À la fois surpris, impressionné et émerveillé par la beauté du coucher de soleil, l'homme resta quelques secondes, planté-là dans la neige qui s'accumulait sur ses bottes en cuir. Une voix le ramena à la réalité, le faisant à demi sursauter. Il l'avait presque oubliée, celle-là !

— Eh major, tu es bien major, hein ?

Il se retourna afin de faire face à la frêle jeune femme, dont l'uniforme kaki semblait avoir connu bien des aventures. Il hocha la tête, avant de laisser tomber :

— Major Lev Dak Susak.

— Ah oui les initiales… Bref tu as trouvé quelque chose ou tu as passé ton temps à méditer sur la grandeur du monde et notre infortune ?

Il retint un éclat de rire. Elle était tellement énervante, qu'à force ne restait que la dérision, l'humour et le rire. Il garda néanmoins ses réflexions pour lui, tout comme il contint son brusque éclat de gaîté. Il se contenta de lui retourner un coup d'œil froid, tout en maugréant :

— Et vous ? Qu'avez-vous ramassé d'intéressant ?

— Ah ben j'ai été hyperproductive, malgré mes menottes. J'ai trouvé un sac à dos, des rations pour trois ou quatre jours, quelques barres vitaminées, deux quarts et une gourde. Oh oui une trousse de secours, deux couvertures et une hache, celle de l'avion, elle est même toute neuve. Bref tu m'enlèves ces trucs-là, parce que non seulement j'en peux plus, mais en plus, avec la nuit, le froid va tomber et mes doigts vont geler, s'exclama-t-elle avec entrain, pour finir par brandir sous son nez, ses mains encore menottées.

Il la considéra, le visage fermé, ayant perdu toute envie de rire, ramené brutalement à la réalité et à ses responsabilités.

— Quoi ? Que crois-tu que je vais faire en étant désarmée ? Mais regarde-moi bon sang ! Tu risques quoi ? Tu as un flingue et j'ai la taille et la force d'une sauterelle ! Alors de quoi as-tu peur ?

Il serra les mâchoires, réflexe qui lui occasionnait encore, malgré le temps, une douleur diffuse. Avec les mois, il avait appris à apprivoiser la souffrance, mais pas encore la vision de son visage aux traits dévastés. Cela aurait pu être pire, il le savait, il le voyait chaque jour qui passait ! Il n'avait somme toute qu'une cicatrice qui sillonnait son profil gauche de la bouche à l'oreille. Les chirurgiens avaient fait un travail d'orfèvres, il devait le reconnaître, toutefois presque deux ans plus tard, il s'était plus facilement habitué à l'inconfort des douleurs qu'à son propre reflet. Enfin, il chassa ses pensées et la considéra quelques instants. Il devait bien s'avouer qu'elle n'avait ni la carrure ni, semblait-il, les compétences pour le battre.

Un vent glacé parcourut les cimes, le faisant brusquement frissonner. Son regard se posa alors sur ses mains, minuscules, et déjà bleuies par le froid. Sans plus réfléchir, il sortit la clef des menottes et les ôta, sans un mot. Sans doute avait-il tort, et peut-être devrait-il le regretter plus tard, mais en attendant il restait en adéquation avec son éducation et ce à quoi il croyait : il ne faisait pas cette guerre afin de rudoyer des femmes !

Elle poussa un long soupir satisfait, massa ses poignets, puis fouillant dans les poches de sa veste matelassée, elle en sortit une paire de moufles épaisses et chaudes. Elle lui retourna un regard dans lequel dansait un sourire.

— Merci major ! Bon, on va s'abriter ?

Finalement ils se réfugièrent dans les restes de l'avion, allumant un feu sur lequel ils réchauffèrent deux rations qu'ils savourèrent en silence. Solveig avait retrouvé on ne sait où sa chapka oreilles qu'elle avait posée sur sa tête avec un bonheur visible. Des mèches de ses cheveux à la blondeur nacrée, s'en échappaient çà et là. Avec efficacité, elle allait et venait, organisant le feu, leur bivouac, comme si survivre à un crash d'avion faisait partie de son ordinaire ! Même s'il s'en défendait, pour bien des raisons, il ne pouvait pourtant qu'admirer son sang-froid et sa dextérité. Il n'osait imaginer Alena dans la même situation !

Enroulé dans l'une des couvertures, grellotant malgré tout, il adressa quelques prières au Grand Tout, afin de le remercier de l'avoir gardé en vie et surtout de veiller sur sa jeune sœur. Jetant un coup d'œil subreptice à la caporale Nordiste, il la vit endormie près du feu, sa chapka enfoncée jusqu'aux yeux, un sourire doux errant sur son visage.

CHAPITRE 13

Les Dieux crépusculaires...

Le lendemain, ils se réveillèrent avec un soleil éblouissant qui faisait scintiller la neige et soulignait le paysage d'une pureté étincelante. Dans un ciel dénué de nuage, un aigle volait avec paresse, se laissant porter par des courants ascendants, cherchant un petit déjeuner. C'était aussi ce à quoi rêvait Solveig en s'étirant. Toutefois, en guise de saucisses et d'œufs frits, ce fut un quart brûlant qui entra dans son champ de vision.

— Tenez, caporale !

Elle renifla le liquide avant d'oser en boire une gorgée.

— C'est du thé, ça ne va pas vous tuer…, s'exclama le major d'un ton un peu trop goguenard à son goût.

« Du thé ! » songea-t-elle « Comment peut-on faire avancer une armée avec du… thé ! Ces gens-là sont dingues ! »

Elle ne répondit cependant rien, se contentant de lui renvoyer un regard noir et de siroter le liquide. C'était insipide, mais au moins c'était chaud.

Moins d'une demi-heure plus tard, ils quittaient l'avion, laissant sa carcasse disparaître derrière eux. Ils étaient à présent seuls, livrés à eux-mêmes dans l'immensité des montagnes. Portant le sac ainsi qu'un fusil, l'officier venu du Sud, s'enfonçait à chaque pas dans une neige épaisse, dont il ressortait avec difficulté. Soudain il se sentit minuscule, dérisoire créature perdue dans le Grand Tout. Chacune de ses foulées lui semblait un effort prodigieux, tandis que la caporale, paraissait gambader. Comme il avait refusé de lui laisser porter quoi que ce soit, elle avait levé les yeux au ciel en grommelant il ne savait quoi dans sa langue, avant de hausser une épaule négligente :

— Très bien, fais la bête de somme si ça te fait plaisir, je passerai devant pour ouvrir la piste.

Sans qu'il puisse protester, à moins sans doute de lui loger une balle entre les deux omoplates, il l'avait vue s'élancer dans la pente et, aussi à l'aise qu'un chamois, sautiller dans la neige.

Au bout d'une heure à peine il était harassé, mais il aurait fallu le tuer pour qu'il l'admette ! Devant, l'insignifiante sous-officier allait d'un pas lent, d'une sûreté qu'il ne pouvait que lui envier. Quelques minutes plus tard, elle se retourna, le dévisageant de son regard clair qui, quelque part l'impressionnait.

— Bon, tu es prêt à me filer un truc ou tu préfères t'obstiner ?

Il la rejoignit en soufflant, se redressa, soutenant son regard narquois.

— Vous voulez porter quoi ? Le fusil peut-être…

— Tout à fait ! Ce serait plus logique et efficace !

— Plus efficace pour m'abattre et vous enfuir, ça, c'est clair !

Elle leva les yeux au ciel, soupira, baragouina il ne savait quoi, avant de lâcher :

— Tu n'as toujours pas compris…

— Compris que vous cherchiez par tous les moyens à filer, ça ne m'a pas échappé caporale, non en effet.

Elle laissa fuser un chapelet de mots, des insultes, sans aucun doute possible, avant de lui renvoyer un sourire qui, en dépit de sa lèvre coupée et gonflée, était éclatant.

— Très bien, continue à faire le mulet puisque ça te plaît, mais faut que tu bouges un peu ton p'tit cul, parce qu'on doit attraper la ligne des arbres et de la forêt avant la nuit.

— Alors avancez caporale, au lieu de bavasser !

Il remonta le sac sur ses épaules, enfonça sa casquette à liseré rouge et or sur son crâne, tout en décochant un coup d'œil plein de morgue à la jeune femme. Pour qui se prenait-elle à la fin ?

Après bien des efforts, ils laissèrent derrière eux les cimes dénudées, afin de se glisser sous le couvert d'une forêt de mélèzes, dont les longues branches frôlaient le sol recouvert d'une neige déjà haute pour la saison. La jeune femme sembla soudain se détendre.

— Allez, c'est bon on va se poser ici. Ça ira pour aujourd'hui.

Étouffant un soupir de satisfaction, il laissa tomber le sac à ses pieds, réprimant l'envie de faire pareil ! Il darda plutôt un regard mi-agacé mi-incrédule à la jeune fille, qui allait et venait avec une énergie confondante.

— Je rêve, ou c'est moi qui suis armé et c'est vous qui commandez, caporale ?!

Tout en posant des branches dans un cercle qu'elle venait de dégager, elle releva la tête, retenant un éclat de rire.

— Tu vas t'en remettre !

Il refoula une réplique cinglante, mais il savait par avance qu'elle y était insensible. Il se contenta de remarquer d'un ton froid.

— Vous faites quoi, là ?

— Oh, je fais un feu m'sieur l'officier.

— Un feu ! Vous êtes folle ! Vous voulez nous faire tuer ou quoi ?

— Euh… Par qui ? Non parce qu'il n'y a personne d'autre là, faut arrêter de psychoter !

— Vous êtes idiote ou vous faites bien semblant ? Si nous faisons un feu nous serons repérables par les terroristes, vous savez ceux qui ont abattu notre avion… au cas où vous auriez oublié ce détail !

— Ah d'accord ! Non, mais faut te détendre, personne ne va venir, ni ton armée ni des terroristes ou je sais pas quoi ! Faut que tu défocalises de la guerre et que tu comprennes que le danger, le vrai danger c'est qu'on meure de froid. À ces altitudes, ça peut venir en quelques heures à peine. Donc on va traiter par ordre des risques immédiats. Tes terroristes sont tout en bas de la liste… Et puis, t'es armé et surentraîné, non ? Donc on n'a rien à craindre.

Elle sortit un briquet de l'une de ses poches, alluma une écorce qu'elle venait de récupérer au pied d'un arbre, qu'elle glissa avec habileté sous le petit édifice de branches, avant de poursuivre d'un ton placide.

— Tu sais quoi ? Toi, tu nous protèges des grands méchants résistants, tandis que je m'occupe du reste, ça t'va ?

Il invoqua la patience du Grand Tout afin de ne pas perdre son sang-froid. Il n'était pas une brute comme cet ignoble Commissaire, cependant elle avait le don certain de taper sur le système… Il se raccrocha à une courte prière apprise enfant, s'évertuant à penser que si le Tout infini avait placé cette énervante petite chose sur sa route, ce n'était pas un hasard. Rien n'était pour rien.

CHAPITRE 14

Mais un jour le printemps reviendra…

Ils trouvèrent refuge pour la nuit, au pied d'un majestueux sapin dont les basses branches effleuraient le sol. La densité de ses aiguilles avait préservé une place sinon confortable, du moins dénuée de neige. Solveig s'installa sur le monceau d'aiguilles mortes, faisant signe au major de la rejoindre. Se mussant contre lui, elle étala ensuite les deux couvertures sur eux.

— Vous faites quoi, caporale ?!

Se tortillant afin de trouver une place plus confortable contre son épaule, elle répliqua d'un ton évident :

— Je maximalise nos chances de ne pas mourir de froid cette nuit !

Remontant les couvertures de ses mains gantées, elle retint un gloussement.

— C'est bon, détends-toi ! Je ne vais ni te violer ni te tuer ni je sais pas quoi… Apprécie plutôt : deux couvertures et une bouillotte, c'est moi la bouillotte, alors elle est pas belle la vie ?

— Je n'ai pas peur de vous caporale, mettez-vous ça une bonne fois dans le crâne !

— Eh ben alors très bien, respire, profite… On a chaud, tu le sens ?

Il faillit rétorquer qu'il sentait plutôt son coude entre ses côtes, mais soudain il cessa de grelotter et une infime sensation de chaleur le recouvrit. Elle sembla ressentir son brusque bien-être, car elle murmura d'une voix déjà ensommeillée :

— Mutualisation des échanges thermiques, égale optimisation de survie.

Puis il la sentit s'endormir, abandonnée contre lui avec une confiance qu'il n'aurait jamais pu éprouver. Cette fille était un mystère !

Le lendemain, il fut tiré du sommeil par une voix à l'accent étrange, à laquelle il finissait par s'habituer.

— Salut, major ! Bien dormi ?

Il se redressa tandis qu'elle lui tendait un quart rempli d'il ne savait trop quelle mixture. Elle s'assit à côté de lui, respirant l'arôme qui s'échappait de son propre contenant. Elle en but une gorgée, grimaça avant d'éclater de rire.

— Bois c'est chaud ! Ce n'est pas très bon au niveau gustatif, enfin c'est très amer, mais c'est excellent pour le reste. C'est bourré de vitamine, la C en particulier. Donc vas-y bois !

Circonspect, il renifla le liquide brûlant.

— Qu'est-ce que c'est ?

— Un thé… tu devrais aimer, rigola-t-elle. En fait, c'est une infusion d'aiguilles de pins, c'est mon grand-père qui m'a appris ça. Qu'est-ce que je pouvais détester ce truc quand j'étais p'tite, précisa-t-elle dans un éclat de rire.

Il goûta, fronça les sourcils et lui renvoyant un demi-sourire, le premier qui éclairait son visage, il remarqua :

— Ce n'est pas si mauvais... Avec un peu de miel ça passerait tout seul !

Quelques minutes plus tard, ils reprenaient leur lente et pénible progression. Solveig râlait qu'avec des raquettes ça serait si simple, sans pourtant se déconcentrer. L'œil rivé sur une boussole qui, à défaut de carte, les conduirait peut-être en dehors des montagnes. S'orientant vers le sud, elle savait qu'il était hors de question de partir en azimut brutal, c'est-à-dire droit devant sans dévier. Sans équipement, il leur serait impossible d'escalader des sommets de plus de 4 000 mètres ! Il leur faudrait donc louvoyer le long de vallées étroites sans perdre leur direction.

Ils progressaient depuis à peine une heure ou deux, le soleil se levant avec une lenteur majestueuse, soulignait chaque courbe, chaque rocher, chaque flocon même, d'une lueur particulière. L'air était froid, mais les paysages, grandioses, vierges et inhumains étaient si époustouflants que ni Solveig ni le major Dak Susak ne disaient quoi que ce soit.

Soudain, Solveig se figea. Elle fit signe à son compagnon de s'arrêter, et tourna vers lui un visage tout à coup très pâle.

— Un ours... lâcha-t-elle dans un souffle, en désignant une silhouette trapue, à demi dissimulée dans l'ombre d'un rocher.

Il frémit. Elle devait avoir des yeux d'aigle, car il ne l'avait pas remarqué !

Lentement il laissa tomber le sac, puis épaula le fusil. Il visa et tira. L'animal releva la tête, était-ce dû à la balle ou au bruit de l'arme ? Il se tourna vers eux, les flairant dans le vent.

— Donne le fusil ! s'exclama Solveig à mi-voix, d'un ton si impératif qu'il lui tendit.

Elle épaula, prit un temps qu'il jugea infini à ajuster, alors qu'il voyait la masse furieuse de l'animal foncer vers eux, ses larges pattes se jouant de la poudreuse. Puis elle tira. Le coup sembla résonner dans toute la montagne. L'ours chancela une fraction de seconde avant de s'écrouler.

Laissant fuser un court soupir soulagé, elle se tourna vers le major, qui la considérait avec une sorte d'étonnement mêlé d'admiration. Puis son regard printanier effleura le fusil qu'elle tenait toujours entre les mains. Il blêmit.

Elle le dévisagea, l'air soudain plus dur. Lentement elle le mit en joue, tandis qu'il levait les mains.

— C'est bon, caporale je me rends…

Ils restèrent quelques secondes, rivés dans cette position avant que, baissant son arme, elle n'éclate de rire.

— Baisse les mains, idiot ! Tu n'es pas mon prisonnier.

Incrédule, il la considéra sans comprendre.

— Tu n'es pas mon prisonnier, pas plus que je ne suis la tienne… Tu n'as pas encore compris que nous sommes tous les deux prisonniers et que c'est la montagne notre geôle !

Puis sans plus s'en faire, elle lui tendit le fusil et, se baissant, elle fouilla dans le sac. Elle en sortit un couteau et, sans même attendre de réponse de sa part, elle fila vers l'ours étalé dans la neige.

Effaré, il la regarda examiner l'animal et commencer à le découper. Au bout de quelques instants, elle releva la tête, lui lançant d'un ton plein de rire :

— Bon, tu viens m'aider ou tu as besoin d'une invitation ?

Tiré de ses réflexions, il sursauta et s'avança vers elle. À côté de l'énorme masse velue, elle semblait encore plus petite. Sans paraître le moins du monde décontenancée, elle avait entrepris de l'ouvrir dans un but dont il ignorait la raison. Cette fille était une énigme, mais elle était efficace. Il savait maintenant pourquoi elle portait son surnom, l'ange de la mort, oui cela lui allait à la perfection ! D'une balle elle venait d'étendre raide, un ours d'au moins 400 kilos !

Avec difficulté elle avait commencé à inciser le ventre de l'animal. Accroupie dans la neige, elle s'exclama d'un ton joyeux :

— Va y avoir du steak d'ours au menu ! Tu m'aides à l'éplucher ?

Lui prenant le couteau des mains, il répliqua :

— Allez donc préparer un feu, caporale, je m'occupe de la carcasse.

Elle le dévisagea une seconde avec incrédulité.

— Quoi encore ? marmonna-t-il tout en enlevant son long manteau gris et en le posant sur le sac à dos.

Malgré le froid, heureusement temporisé par un soleil éclatant, il releva les manches de sa vareuse et de sa chemise, avant de s'agenouiller auprès de l'ours.

— Euh, rien… Je me demandais juste si tu savais t'y prendre…

Il lui renvoya un coup d'œil narquois sans même daigner lui répondre.

— Très bien débrouille-toi, bougonna-t-elle en se relevant.

Deux heures plus tard, un feu brûlait haut et clair à une centaine de mètres des restes de l'animal. Solveig, la hache à la main, allait et venait dans la forêt, cherchant des arbres déjà morts, dont le bois se consumerait sans problème. Elle avait déjà amassé une quantité impressionnante de bûches, lorsqu'elle ressortit, tirant derrière elle de longues branches droites et dénudées.

Elle les déposa en tas, alors que le major disposait sur de solides piques, au-dessus du feu, deux énormes morceaux de viande. Il s'essuya les mains dans la neige, tandis que Solveig, affamée, lâchait dans un cri :

— Wouaaa bravo major !

— Pas de quoi se récrier non plus, j'ai beaucoup chassé avec mon père et mes frères…

Pendant qu'il surveillait la cuisson de la viande, elle retourna auprès de l'ours, en revint quelques minutes plus tard, hâlant la lourde peau derrière elle. Il se leva précipitamment afin de l'aider, tout en disant avec curiosité :

— Mais qu'est-ce que vous voulez faire avec ça ?

Elle lui retourna un sourire plein de gaîté, dans lequel sa nature profonde transparue une fraction de seconde.

— Ah ah, attends de voir !

Avec la hache elle façonna un monticule de neige entourant le feu, le compacta avant d'y étendre la peau. Avec satisfaction elle se laissa tomber sur cette banquette improvisée.

Impressionné malgré lui, il lâcha :

— Pas mal du tout, caporale !

C'est dans ce confort tout relatif, mais qui les enchanta néanmoins tous les deux, qu'ils dégustèrent dans un silence agréable, la viande juteuse à souhait. L'ours n'était pas mort pour rien et sans doute leur permettrait-il de survivre quelques jours de plus. C'était du moins ce à quoi songeait Solveig en savourant chaque morceau de viande. Enfin repus, ce qui ne leur était pas arrivé depuis un bon moment, la jeune nordiste s'étira et attrapant les longues branches elle se mit à les réunir à l'aide de bandes d'écorce, dans un but qui sembla abscons à l'officier du sud.

Elle lui lança un coup d'œil qui, malgré la situation, lui parut plein d'une étonnante espièglerie.

— Pendant que je fais ça, va donc couper de la viande en lanières très fines, ça t'occupera. Et fais-en beaucoup ! ajouta-t-elle, tandis que prenant le couteau il retournait vers la carcasse.

Ils passèrent la journée à travailler. C'était long, fastidieux, mais ils le savaient, l'aubaine d'une aussi énorme quantité de nourriture était un miracle dont il fallait profiter. Alors Solveig alla puiser parmi la masse de tout ce que son grand-père lui avait appris au cours de son enfance. Sans doute qu'aujourd'hui, cette instruction, dispensée lors de journées de complicité à crapahuter dans les montagnes et l'observer, lui sauverait la vie.

Autour du feu, elle confectionna un grand trépied, haut et large, et sur les multiples branches horizontales qu'elle avait fixées, ils installèrent les minces lanières de viande. Le but était de les sécher et non de les cuire.

La nuit tombait lorsque, éreintés, ils s'arrêtèrent enfin. Ils se laissèrent tomber dans leur canapé en peau d'ours, en poussant un soupir satisfait. Un nouveau steak grésillait au-dessus des braises tandis que le soleil laissait place aux étoiles.

Solveig enfila sa chapka et tira sur eux les couvertures. Se mussant contre son épaule, elle grommela de plaisir. Il aurait presque pu l'entendre ronronner. Il retint un sourire. Il ignorait ce que le Grand Tout lui réservait, mais cette rencontre était tout sauf ce à quoi il s'était attendu.

Finalement après un copieux dîner, ils s'endormirent l'un contre l'autre dans la tiédeur du feu.

Au milieu de la nuit, elle le secoua sans bruit et, tandis qu'il ouvrait les yeux, déjà sur le qui-vive, d'un geste, elle l'intima au silence. Du doigt, elle lui montra des silhouettes qui allaient et venaient autour de la carcasse de l'ours : des loups, une meute entière, avide, se gavait.

Il sursauta, effrayé malgré lui.

Posant une main sur son bras, elle lui renvoya un sourire rassurant.

— Ne t'en fais pas, ils ne nous feront rien. Les loups sont des feignasses, comme nous, ils ne vont pas s'attaquer à un machin compliqué, alors qu'ils ont un monceau de bouffe à portée de dents. Regarde plutôt comme ils sont beaux !

À peine rassuré, il effleura la crosse du pistolet qu'il portait à sa ceinture, ne pouvant pourtant s'empêcher de trouver une certaine fascination au spectacle des prédateurs qui allaient et venaient sous la lune.

Enfin rassasiés, ils filèrent, disparaissant à la queue leu leu dans les ténèbres.

— Tu vois, on a tué cet ours et c'est moche, mais il va permettre à beaucoup d'autres êtres de bien débuter l'hiver. Un mal pour un bien.

— Vous avez abattu cet ours, caporale, et d'une seule balle encore !

Elle haussa une épaule vague.

— Tu l'as eu toi aussi, tu n'as cependant pas assez tenu compte du vent, aussi ta balle ne l'a pas eu en pleine tête, mais a dévié dans l'épaule. C'était malgré tout un joli tir.

— Serait-ce un compliment ? remarqua-t-il d'un ton railleur.

Elle éclata d'un rire léger, tout en murmurant :

— Ne va pas t'y habituer ! D'un ton plus sérieux, elle remarqua :

» Tu sais on est vraiment dans la merde jusqu'au cou… Ce massif est composé à la fois de montagnes volcaniques et de pics effilés. On va donc se trouver confrontés à des vallées étroites, des crevasses, des éboulis rocheux et très peu de civilisation. Ces montagnes ne sont que peu ou pas habitées, surtout en hiver ! Aujourd'hui tu dois trouver qu'il fait froid, et ben je peux t'affirmer que ce n'est rien à côté de ce qui nous attend ! L'hiver commence à peine, mais très bientôt les températures vont chuter, vraiment chuter et je ne sais pas comment on va faire… Nous ne sommes ni l'un ni l'autre équipés afin d'affronter un hiver en haute montagne. Moi avec mes boots je vais attraper des engelures aux pieds et toi, sans chapeau digne de ce nom, ta casquette ne te protégera pas, tes oreilles vont geler et ça ne sera que le début…

Dans la lueur rougeoyante du feu réduit à quelques brandons, il la dévisagea :

— Je ne connais sans doute pas les dangers qui nous attendent, pas comme vous, on est d'accord, mais même si cela va vous paraître étrange nous sommes entre les mains du Tout et, croyez-le ou non, il a des projets pour nous, pour vous comme pour moi.

Elle réprima un brusque éclat de rire.

— Ah oui, son projet c'est de nous voir mourir de froid au fond de ces montagnes, sans doute !

Plus touché par son désarroi qu'il ne l'aurait souhaité, il l'attira contre son épaule.

— Dormez caporale et vous verrez bien ce qu'il en sera…

— Votre religion n'est qu'un tas de bêtises, bougonna-t-elle la tête enfouie contre lui.

— Si vous voulez le penser… En tout cas mieux vaut croire à quelque chose que d'errer sans espoir ni spiritualité !

Elle se redressa, dardant sur lui son regard clair :

— Ce n'est pas le cas du Snofjell ! Nous croyons au peuple pour le peuple et par le peuple, et non pas à un quelconque ami imaginaire !

Contenant un rire, il se contenta de dire :

— Dormez caporale…

CHAPITRE 15

Le sang s'écoule de leur chair

Le lendemain, une nouvelle journée se leva avec un soleil voilé, sans doute annonciateur des prochaines rigueurs hivernales.

Ils emballèrent les quelques kilos de viande séchée et reprirent leur laborieux cheminement. Solveig lança un regard plein de regret vers la peau, qu'ils abandonnaient derrière eux. Sans doute imaginait-elle tout ce qu'ils auraient pu en faire.

— Allez caporale, venez, on n'a pas le temps de la tanner vous le savez encore mieux que moi.

Bougonnant quelques mots dans sa langue natale qu'il ne cherchait même pas à comprendre, elle passa devant lui, ajusta le fusil sur son épaule, gardant un œil rivé sur la boussole. Dans un accord tacite, ils avaient décidé que le fusil lui revenait. Nul mot n'avait été nécessaire. Elle avait pris l'arme, l'avais mise en bandoulière et le sujet avait été clos. Intérieurement elle s'en était étonnée, toutefois le major semblait capable d'une réflexion voire d'une ouverture d'esprit dont elle aurait cru les Vikmundiens dépourvus. Tant mieux !

Elle n'eut cependant pas le loisir d'y accorder plus d'attention, en effet la progression le long de pentes abruptes, au travers de forêts denses dans une neige déjà épaisse, était épuisante. Solveig ne disait rien, avançant d'un pas lent, mais sûr. Parfois elle s'arrêtait, contemplait la couche neigeuse, scintillante sous le pâle soleil automnal. Qu'est-ce qui attirait son attention ? Le major n'en savait rien, mais il acceptait ses brusques changements de direction qu'il savait motivés par quelque raison, qu'après tout il ne tenait pas à connaître ! Savoir qu'ils évitaient par miracle une dizaine de crevasses par jour, n'était pas une information qu'il voulait connaître !

Le soir, ils trouvèrent refuge sous le débord d'un rocher. Ils s'écroulèrent, épuisés, devant un feu, tandis que de la neige fondait dans un quart métallique, accompagnée d'une poignée de viande séchée : leur repas du jour.

Le major rajouta une branche dans le feu, releva la tête et, fixant la jeune fille blottie sous le rocher, sa chapka enfoncée jusqu'aux yeux, il murmura :

— Pourquoi vous obstinez-vous à me traîner avec vous, caporale ?

Solveig sursauta, prise de court par la question. Elle rougit, blêmit, avant de finir par lâcher :

— Je m'obstine à vouloir survivre major, pas à te sauver… et en montagne on ne survit pas seul, jamais. Si par bonheur d'autres étaient restés en vie, nos chances de sortir vivants de ces montagnes auraient augmenté.

— Je ne comprends pas votre raisonnement, vraiment pas ! Seule vous auriez plus de nourriture !

Elle haussa une épaule.

— Je sais que ça peut te paraître antinomique, mais à plusieurs on se soutient physiquement et moralement. Chacun fait une tâche, porte quelque chose, les efforts sont donc répartis. En cas de danger on peut faire front ensemble. Un groupe est toujours plus fort qu'une personne seule, tu sais…

Il hocha la tête et, la considérant droit dans les yeux, il affirma :

— Je comprends, mais ce n'est pas la seule raison n'est-ce pas ?

Gênée, elle détourna la tête, repoussa sa longue tresse, avant de bougonner.

— Qu'est-ce que tu insinues…

— Il y a plus qu'un simple calcul de survie, je le sais. Alors ?

Elle pinça les lèvres, avant de répliquer :

— Et toi, pourquoi voulais-tu tellement mettre la main sur moi ? Pourquoi tenir autant à m'arrêter, hein ?

Il se redressa, repoussa sa casquette en arrière, avant de finir par dire d'une voix sourde d'un chagrin maîtrisé.

— C'est à cause d'Hynek…

— Hynek ? répéta Solveig sans comprendre.

— Mon frère… Mon plus jeune frère. Il était lieutenant et il… il s'est fait abattre à Floten. Un snipeur l'a eu d'une seule balle… À côté de lui on a trouvé son quart et le thé répandu alentour, c'est votre signature non ? Tuer les officiers lorsqu'ils prennent une seconde de repos ? Les abattre lorsqu'ils boivent leur thé et qu'un rayon de lune ou de soleil se reflète sur le métal ! Alors oui, j'ai juré de vous capturer caporale, quoi qu'il puisse m'en coûter !

La colère qu'elle lut dans ses yeux, la fit frissonner. Aucun de ses actes n'était anodin, et voilà où ils l'avaient conduite aujourd'hui, face à cet homme déchiré entre rage et douleur.

— Je vois… À quoi ressemblait ton frère ?

— Pourquoi voulez-vous savoir ça ? C'est inutile maintenant...

— Parce que nous étions de nombreux snipers lors de la bataille de Floten, je n'étais pas la seule ! Et nous usons tous de la même méthode, soit utiliser la moindre faille, la plus infime faiblesse pour éliminer nos cibles.

Il haussa une épaule désabusée, les mâchoires closes sur une peine trop grande, que le temps malgré tout n'avait pas réduite.

— Te ressemblait-il ? Avait-il... ton regard ? La couleur de tes yeux ?

— Qu'est-ce que ça peut faire !?

— C'est important au contraire ! S'il te ressemblait alors non, je ne l'ai pas abattu !

Presque choqué, il darda sur elle un regard lourd :

— Comment pouvez-vous être aussi affirmative ? C'est ridicule !

— Non, ça ne l'est pas... Je me souviens de chacune de mes cibles, de chacun d'entre eux, et si ton frère avait ton regard alors je sais que je ne l'ai pas eu dans la ligne de mon arme. Ça, tu peux en être certain !

Il la fixa sans répondre.

— Alors !? insista-t-elle, soudain furieuse, ses yeux clairs brillant d'une tension telle, qu'il lâcha enfin.

— Oui, nous nous ressemblions et nous avons les yeux de notre mère, bleu pervenche, paraît-il...

Elle poussa une sorte de soupir et, dans un pâle sourire, murmura :

— Alors ce n'est pas moi qui l'ai eu, Folder peut-être, un autre qui sait... Mais ce n'est pas l'une de mes balles, en revanche...

Elle se releva et s'approchant de lui, effleura la cicatrice qui lui barrait le visage d'un trait implacable. Un ton plus bas, d'une voix fragile comme du verre, elle poursuivit :

— C'est bien l'une des miennes qui a fait ça...

S'attendant à tout sauf à une telle révélation, il se raidit, effaré.

— Mais... Comment pouvez-vous l'affirmer ?

— Je te l'ai dit, je me souviens de chacune de mes cibles, et s'il y en a une que je n'ai pas oubliée, c'est ma première. Celui qui le premier a été dans ma ligne de mire. Je n'avais pas 19 ans, je sortais de l'école des tireurs d'élite et la théorie c'est chouette, mais rien, non rien ne te prépare à devoir affronter le regard d'un homme que tu dois abattre. C'était toi... Tu étais là, avec ton unité, ton sifflet et ton regard bleu comme le ciel de ce printemps... Je pleurais tellement, tu ne peux pas imaginer... À un point tel, qu'évidemment j'ai foiré mon tir. Si Folder ne m'avait pas secouée, je sangloterais toujours, accrochée à mon fusil...

Ses yeux rivés dans les siens, il pouvait y lire tout son désarroi, l'horreur de ce que sa vie était devenue depuis ce jour où la guerre avait tout fait basculer. Il avait accumulé tant de haine envers celui qui, anonyme dans ce conflit, lui avait fait ça, que cette révélation le laissa sidéré. Il s'était trompé, elle n'était pas cet « ange de la mort », propagande facile à laquelle il s'était raccroché. Elle n'avait pas tué son frère... Pouvait-il la haïr, encore ? Il n'avait pas de réponse à cette question, pas encore du moins, trop déstabilisé dans ses certitudes.

Elle détourna le regard afin qu'il ne remarque pas les larmes qui l'inondaient au souvenir de ce moment. Les mains tremblantes, elle touilla leur vague soupe, ajoutant d'une voix basse.

— Je me souviens de toutes mes cibles, néanmoins j'ai appris à ne pas culpabiliser de les avoir éliminées. J'agis pour une cause, pour mon pays, notre manière de vivre, pour protéger ma famille, alors non je n'ai aucun regret pour ces hommes que j'ai abattus si tu veux savoir, tous, sauf un… Il n'y a que toi qui m'as poursuivie dans mon sommeil et dans mes cauchemars.

Elle releva la tête, les yeux embrumés de larmes.

— Ton regard de printemps qui sans cesse venait me reprocher de t'avoir tiré dessus. J'ai revécu un nombre incalculable de fois cet instant où ma balle t'a touché, où je t'ai vu tourbillonner dans une gerbe de sang, où j'ai cru que j'avais ôté une vie pour la première fois… Il resta pétrifié, pris entre sa colère et une émotion sourde de compassion et de détresse.

Sans attendre de réponse de sa part, elle poursuivit, d'une voix noyée :

— Te dire que je suis désolée est inutile, stupide, parce que je le suis d'un côté, oh oui tellement et d'un autre je voudrais tous vous voir morts, vous tous qui menacez mon pays !

C'était dit avec une telle flamme, qu'il perçut celle qui en effet justifiait son surnom. Elle était aussi cette jeune femme-là…

— Alors tu voulais savoir pourquoi je m'évertuais à te sortir de ces foutues montagnes, c'est pour te sauver la vie une fois pour toutes !

— Vous cherchez une forme de rédemption, c'est ça ?

— Non… Il n'y aura aucun pardon pour nous, car toi aussi tu dois avoir autant de sang sur les mains que moi, et aucune clémence ne nous attend nulle part. Tout ce que je veux, c'est que tu vives et pouvoir t'oublier une bonne fois.

CHAPITRE 16

Tout avait-il été dit ? Ils n'en savaient rien, ce qui était certain c'était qu'il fallait avancer, coûte que coûte, descendre vers le sud avant que l'hiver ne s'installe, avant qu'il ne gèle à pierre fendre. Ils le savaient tous les deux, ce qui les portait d'un même pas, malgré leurs différences, malgré tout.

Le temps virait au gris, au froid, au vent. Un soir, après avoir bataillé toute la journée contre une neige qui tombait de plus en plus drue, ils stoppèrent, éreintés, dans un bois de conifères.

Le major partit ramasser du bois, tandis que Solveig, glacée, s'emparait d'un quart et commençait à creuser une congère accumulée au pied d'un sapin. Lorsqu'il revint, il ne la vit nulle part. Inquiet, il déposa son fardeau, l'appelant d'une voix qui portait malgré le vent qui se levait.

Avec surprise, il la vit sortir d'un tas de neige, un sourire pétillant dans son regard clair.

— Je suis là, pas la peine de gueuler !

— Mais… qu'est-ce que vous faites ?

— Notre palace pour la nuit ! Allume donc le feu par ici, ce sera parfait.

Il ne chercha pas à en savoir plus, préférant se concentrer sur sa tâche. Malgré son épais manteau et ses bottes, il grelottait la plupart du temps. Ses origines bien plus au sud, se rappelaient à lui inévitablement. Bientôt un feu s'éleva, attisé par les bourrasques de plus en plus fortes. Il mit de la neige à fondre dans le quart qui restait, se demandant vaguement ce qu'elle avait encore inventé.

Enfin elle sortit de son trou, souriante, et contente d'elle, semblait-il. Elle posa son quart dans le feu, à côté du sien et, attrapant le sac, elle retourna grouiller telle une lapine dans son terrier.

Battant la semelle devant le feu, il prépara leur maigre repas, rêvant aux petits plats que sa mère leur mijotait autrefois. Le vent hurlait entre les cimes des sapins, avec une fureur renouvelée, tandis que le froid de la nuit tombait sur ses épaules. Même les flammes vives et le quart brûlant qu'il tenait entre ses mains, ne parvenaient pas à le réchauffer. Solveig revint, absorba sa soupe claire, sans paraître souffrir des conditions climatiques. Si elle avait froid, en tout cas elle ne le montrait pas !

Leur repas expédié, elle lui fit signe d'enlever son manteau et de la suivre. Elle-même ôta sa chaude veste matelassée, avant de s'engager à quatre pattes dans l'étroit passage qu'elle avait aménagé. Gardant pour lui ses réflexions sur sa santé mentale, il la suivit, grelottant dans sa vareuse d'uniforme.

Il découvrit alors une petite cavité, creusée dans la neige. Ce n'était pas un igloo, mais c'était un abri. À même la neige, la jeune fille avait étendu la couverture isothermique qui faisait partie du pack de secours. Dans la demi-obscurité, il perçut son sourire, tandis qu'il traînait sa longue carcasse à l'intérieur.

— Allez, allonge-toi major, je t'ai même prévu un oreiller.

L'oreiller en question n'était autre que le sac à dos, il faudrait sans doute qu'il s'en contente.

— Je n'ai pas votre gabarit de puce, caporale !
Poussez-vous un peu !

Enfin grognant et se cognant, il parvint à
s'allonger, non sans mal.

— C'est bon, m'sieur l'officier est installé ?

Il pouvait entendre son rire perler dans sa voix,
tandis qu'elle étendait sur eux couvertures, manteau
ainsi que sa lourde veste. Puis elle se ratatina
contre lui, appuyant sa tête contre sa poitrine,
enroulant ses jambes autour des siennes. Il pouvait
sentir la tiédeur de son corps chaud, doux, se
transmettre au sien, tandis qu'une agréable chaleur
les envahissait peu à peu. Il percevait chaque
battement de son cœur, dans une proximité presque
dérangeante qu'elle semblait pourtant trouver
normale.

— Caporale, vous savez que je ne suis pas un
matelas…

— Ummmhh, grogna-t-elle d'une voix déjà
endormie.

— J'ai vos cheveux dans la figure…

— T'as fini de râler !

À la fois se réchauffant pour la première fois de
la journée, et mal à l'aise dans cette proximité : il ne
savait ni où poser ses mains, ni que faire du poids
léger de la jeune fille étalée contre lui ;

— Vous savez que je suis un homme…

— Ummmmh, grommela-t-elle à nouveau, ce
qu'il prit pour un oui, avant qu'elle n'ajoute :

» Bon, où veux-tu en venir ? On n'est pas bien
là ? On a chaud, on est à l'abri du vent, donc dort et
arrête de grognasser !

— Je dis juste que vous auriez pu faire un abri plus grand…

Il la sentit pouffer, alors que se lovant un peu plus contre lui, elle murmurait :

— Tu veux un loft de dix pièces aussi ? Écoute, pour lutter contre le froid on n'a que notre chaleur corporelle et que ça te plaise ou pas, que ça heurte ton éducation, tes croyances ou je sais pas quoi, je m'en tape ! Pour ne pas risquer l'hypothermie on n'a que la méthode des marmottes : se ratatiner les uns contre les autres.

Elle perçut son grognement, approbateur ou pas, elle n'en savait rien, et à vrai dire s'en fichait.

— Qu'est-ce que ça change que tu sois un mec ? Là on ne parle pas de nos organes reproducteurs, mais de lutte contre le froid ! Qu'est-ce que vous êtes compliqués, les Vik' !

— Ce n'est pas une histoire d'être compliqué, juste que… euh…

Elle se redressa, le dévisageant d'un regard qui ne pouvait qu'être agacé.

— Que quoi, major ? Tu as peur que nuitamment je te viole ? Ben rassure-toi, y a pas d'risque.

Il poussa un bref soupir excédé.

— Vous me fatiguez caporale.

Elle pouffa de rire, avant de lui lancer :

— Détends-toi, c'est bon. Dis-toi que je suis l'un de tes gars, pas plus.

— Vous croyez que je dors comme ça avec mes hommes, vraiment !?

— Je sais pas, je m'en fiche ! Au Snofjell, nous nous considérons d'abord comme des êtres humains, avant de penser à nos différences. Donc respire, profite qu'on a chaud et dors.

Attrapant d'autorité son bras, elle l'enroula autour de sa taille pendant qu'elle réajustait les couvertures sur eux. Puis, se mussant contre lui dans un soupir de bien-être, elle marmonna :

— Dors, demain il fera froid.

Les jours qui suivirent, le froid s'intensifia. Un matin, Solveig abattit d'un seul coup de fusil, un grand lièvre à la fourrure blanche et duveteuse. Le soir, ils le rôtirent sur un feu, alors même que le vent et la neige leur offraient un répit. Les étoiles se levaient une à une dans un ciel d'une clarté presque intimidante, pendant que, assis l'un contre l'autre ils dévoraient en se brûlant, la chair délicate de l'animal. Survivraient-ils, c'était la question qu'ils se posaient à chaque minute, mais en cet instant ils profitaient d'un moment où la faim mordante qui les tenaillait se calmait enfin, en même temps qu'ils se réchauffaient.

— T'es marié, major ? demanda-t-elle soudain tout en rongeant un os à belles dents.

Il lui retourna un coup d'œil étonné :

— En quoi cela vous intéresse-t-il ?

Elle haussa une épaule.

— En rien, en tout. Peut-être que tu m'intrigues, peut-être que j'ai besoin de savoir qui tu es… Je ne sais pas. Bon alors, t'es marié ?

Il la dévisagea, avant de lâcher un « non » un peu brutal.

— T'es pas marié ? Ben je croyais que c'était un truc plus ou moins obligatoire chez toi !

Il esquissa un demi-sourire avant de rétorquer :

— Vous croyez ça, vraiment ? En réalité c'est encouragé afin de participer à notre passage sur cette terre, mais il n'y a pas de loi relative à ça ! Mes deux frères aînés sont mariés, j'ai déjà trois neveux et ma jeune sœur, Alena est fiancée. Elle a votre âge, d'ailleurs. Et vous alors caporale ?

— Quoi moi ?

— Avez-vous quelqu'un dans votre vie ? Un fiancé, ou… je ne sais même pas si vous vous mariez chez vous !

Elle éclata de rire. Lança l'os dans le feu avant de se couper un autre bout de viande.

— Évidemment que le mariage existe ! Mes parents le sont depuis au moins trente ans. Qu'est-ce que tu t'imagines, qu'on est des sauvages ?

Au regard qu'il fit peser sur elle, elle comprit que la réponse était oui. Elle préféra en rire.

— Vous êtes tellement prétentieux, vous les Vik', c'est à mourir de rire. Donc figure-toi qu'on a aussi des écoles et qu'on sait tous lire et écrire. Sinon, non je n'ai personne dans ma vie.

— J'aurais pensé que ce Folder dont vous parlez sans arrêt…

— Folder ? Tu es dingue ! C'est mon binôme, je l'adore, mais pas dans le sens où tu l'entends.

Elle grignota sa viande pendant quelques secondes, avant de murmurer.

— De toute façon lorsque ce stupide conflit a éclaté, je finissais à peine ma scolarité, je n'avais même pas eu l'occasion de tomber amoureuse.

Après, ben tu connais la suite tout aussi bien que moi… Comment veux-tu que je sois amoureuse !? L'amour, mais je ne sais même pas ce que c'est, hors la satisfaction éphémère de rencontres d'une heure. Tu sais, cette guerre m'a beaucoup pris, y compris de pouvoir découvrir ce que cela veut dire d'être une femme. Enfin, je sais qu'elle a aussi exigé de toi d'énormes sacrifices, et que ce n'est pas fini, ni pour toi ni pour moi.

Surpris, ne s'attendant pas à une telle réponse, plus touché aussi qu'il l'aurait voulu, il la considéra un long moment, avant de murmurer :

— Je suis désolé caporale, j'aurais pensé qu'avec votre charme, votre beauté, tous les hommes du Nord se battaient afin de conquérir votre cœur. S'ils ne le font pas c'est qu'ils sont stupides !

Puis avec un demi-sourire, il ajouta :

— Ou alors vous les terrorisez !

Elle resta figée une seconde, avant de partir d'un rire qui se répercuta sous le couvert du bois, effrayant un renard attiré par le fumet de la viande. Il détala, poursuivit par la gaîté bruyante des humains.

CHAPITRE 17

S'en vont vers les enfers.

Les journées, glacées, s'enfilaient les unes après les autres, toutes semblables, toutes différentes. Chaque seconde était une lutte pour la vie, qu'ils menaient avec une pugnacité dont peu auraient été capables. Sans doute ne se rendaient-ils pas compte, combien leur combat inégal, presque désespéré, était stupéfiant, quasiment héroïque. Unis dans un seul but, survivre, ils avançaient de front, ayant mis de côté leurs différends, trop nombreux pour qu'ils puissent les énumérer. Avec un optimisme dont ils n'étaient, par chance, ni l'un ni l'autre dépourvus, ils s'efforçaient de ne voir que ce qui pouvait les rapprocher.

Ce n'était pas si facile ! Tout les séparait et leur éducation n'était pas la moindre de leur divergence. Chacun était le fruit d'une société antagoniste, ennemie à présent, aussi devaient-ils composer avec leurs dissensions naturelles ainsi qu'avec les inévitables crises amenées par les circonstances. Tous les deux avaient toutefois assez d'intelligence pour comprendre que s'en prendre à l'autre était inutile.

Leur survie ne se ferait qu'au prix de leur coopération.

Parfois heureusement, même dans les plus noirs moments il existe des répits et ce fut le cas ce jour-là. Levant la tête de sa boussole, observant les environs d'un œil scrutateur, Solveig les entraîna tous deux vers le fond encaissé d'une courte vallée. Elle courait presque dans la poudreuse qui s'était déposée durant la nuit, portée par une joie qu'elle laissa éclater une fois en bas.

— Viens, dépêche-toi ! l'entendit-il crier, tandis qu'il descendait la pente d'une manière plus prudente.

Un soleil rasant s'étirait sur une scène qui le laissa coi. Solveig, ayant accroché son fusil à une branche, se déshabillait sans paraître se soucier du froid mordant. Déjà elle enlevait sa chemise, qu'elle accrocha avec l'arme et le reste de ses vêtements. Puis, lui faisant signe de la rejoindre, elle se laissa glisser dans l'eau d'une rivière qui serpentait là.

Effaré, trop surpris pour dire quoi que ce soit, il se précipita, s'apprêtant à devoir la sortir bleue et congestionnée par le froid, lorsqu'il remarqua la vapeur moutonnant au-dessus de l'eau.

— Viens, major, elle est géniale !

— Vous croyez vraiment que c'est une bonne idée…

— C'est même la meilleure de l'année, oh oui ! rétorqua-t-elle tout en fermant les yeux avec délice, l'eau lui montant jusqu'au menton.

Comme il hésitait, elle grogna :

— Mais bouge-toi, où je te lance des cailloux !

La menace le fit sourire, mais dut fonctionner puisqu'il finit par s'exécuter. Profitant qu'elle barbotait sans s'intéresser à lui, il entra dans l'eau, frissonnant à son contact. La chaleur brutale, le fit presque suffoquer. Enfin, par degrés, il s'immergea tout entier, en ayant l'impression que la chaleur s'infiltrait dans la moindre parcelle de son corps. C'était délicieux.

Il lança un coup d'œil à Solveig qui, les yeux mi-clos, semblait tout autant apprécier que lui ! Il la revit en train de se dévêtir et entrer nue, dans la rivière. Gêné, il s'efforça de songer à d'autres sujets moins scabreux, c'était toutefois difficile alors qu'elle était-là, à moins d'un mètre, à infuser dans l'eau telle une fleur dans du thé… Il passa une main sur son visage, sentant une courte barbe crisser sous ses doigts.

— Qu'est-ce qui te chagrine ? Tu n'es plus aussi net et tiré à quatre épingles, c'est ça ?

Il s'étira, lui lançant un coup d'œil moqueur :

— Mon apparence vous est donc d'un quelconque intérêt ?

Elle pouffa d'un rire clair, qui soudain la fit redevenir la jeune fille qu'elle était.

— T'emballe pas trop !

— Vous savez que nous autres du Vikmund nous sommes très pragmatiques, donc je ne fais que constater.

— Pragmatiques mon cul ! Si vous l'étiez, pourquoi ne pas avoir déclaré la guerre à votre ennemi mortel, le Royaume della Costa ? Pourquoi nous avoir attaqués, nous ?

Il haussa une épaule désabusée.

— Tout ça fait partie d'une stratégie de grande envergure, qui nous dépasse tous les deux…

— Sans doute ! N'empêche, qu'elle nous impacte ! Alors, pourquoi ? Pour venir vous accaparer les seules richesses que nous avons ?

Il hocha la tête.

— Oui… Nous visons vos puits de pétrole et de gaz. Nous en avons besoin avant d'aller affronter le Royaume et récupérer ce qui nous revient.

Il l'assena avec une telle férocité, qu'elle eut peur. Les larmes aux yeux, elle répliqua :

— Nous ne vous laisserons jamais faire ! Jamais… Même le Royaume, alors que nous venions tout juste de nous débarrasser de nos rois, a tenté de nous envahir. Ils n'ont pas réussi. Vous échouerez aussi, je vous le garantis ! Car chaque habitant du Nord est prêt à mourir pour son pays, et toi est-ce que tu l'es ?

Soutenant son regard gris de colère, de peur aussi, il laissa tomber, alors même qu'il aurait plutôt souhaité la rassurer.

— Je me prépare à la guerre depuis que j'ai sept ans, donc oui, je suis prêt à sacrifier ma vie pour un but plus grand que moi et surtout afin de pouvoir contribuer à restituer à mon pays, à ma famille, la région du Zlatno.

— Tu es l'un de ces moines soldats fanatiques, c'est ça !

Il sourit.

— Non, absolument pas ! Vous avez vu mon uniforme gris, je fais partie de l'armée régulière, pas des fanatiques du Tout. Mais ma famille est originaire du Zlatno, même si je suis né à Alenkabor, j'ai un contentieux à régler et un domaine à récupérer…

Soufflée, elle le dévisagea avec stupéfaction :

— Tu es… un Déplacé ?

— Oui, ma famille entretenait un très ancien domaine de plantation de plusieurs centaines d'hectares, dans le sud du Zlatno. Un jour l'armée du Royaume a passé la frontière, détruisant tout sur son passage.

Horrifiée, elle ferma les yeux, lâchant dans un souffle :

— Je sais, je connais l'histoire de ton pays… Qu'est-il arrivé à ta famille ?

— Ils ont réussi à fuir durant une nuit. Tout ce qu'ils ont pu emmener c'est une toile représentant notre domaine, que ma mère avait cousue dans la doublure de la veste de mon père. Mes frères étaient encore des bébés, ils en gardent pourtant un sentiment d'angoisse qui les poursuit encore aujourd'hui. Mon père et mon grand-père ont alors mis le feu à la propriété. Ils ont tout brûlé : la maison de maître vieille de plus de cinq cents ans, les fermes, les vergers. Tout est parti en flammes et c'est le dernier souvenir qu'ils ont emporté de chez nous : le feu qui ravageait des centaines d'années de labeur. Mais jamais ils n'auraient voulu que quoi que ce soit tombe entre les mains iniques des royalistes !

— Que s'est-il passé ensuite ?

Il haussa une épaule désabusée, tandis qu'il répondait d'un ton amer :

— Ma famille a eu de la chance, nous avions des liquidités en banque, mon père a pu trouver un travail très rémunérateur dans l'import-export, et nous avons vécu plutôt confortablement à Alenkabor. Ce qui n'a pas été le cas de millions d'autres réfugiés, même si le gouvernement avait lancé un effort national afin d'accueillir tous ces pauvres gens, démunis, dépossédés de tout. Je ne parle même pas de ceux, les plus nombreux, qui sont morts.

— Je sais… Ce qui s'est passé est ignoble, alors pourquoi continuer un cycle d'horreurs ?

— Ce n'est pas ça, le but ! Le Vikmund ne sera plus une victime, plus jamais personne ne viendra nous voler, ce temps-là est révolu !

Effrayée malgré elle, Solveig parvint à articuler :

— Alors vous avez mis en place un état militariste, envahi le Biscantin trop calme et naïf pour sa propre survie, puis vous vous êtes attaqué à nous, et finalement vous vous attribuerez tout le continent. C'est ça le but ?

— Oui, c'est l'idée…

Elle frémit de son ton froid, dénué de la moindre émotion.

— Je ne te laisserai pas faire ! J'achèverai plutôt ce que j'ai commencé il y a deux ans !

La voir si féroce, si résolue lui serra étrangement le cœur, au-delà des mots qu'elle venait de prononcer.

— Je sais que vous le ferez caporale… mais aujourd'hui, en cette seconde, je ne suis pas votre ennemi.

Soudain, à son vif désarroi elle éclata en sanglots.

— J'aurais aimé que tu ne le sois pas ! J'aurais aimé ne jamais devoir tenir un fusil !

Désemparé, il ne put que murmurer :

— Je m'en doute… Qu'auriez-vous souhaité faire, s'il n'y avait pas eu la guerre ?

— Faire ? Je ne comprends pas… Être plutôt, non ? Parce que nous devenons, nous évoluons, non ?

— Euh, si vous voulez, alors ? À quoi rêviez-vous ? À rencontrer le Prince charmant ? À devenir institutrice ?

Elle fronça les sourcils, refoulant ses larmes :

— Le Prince quoi ? Je ne sais même pas de quoi tu parles ! On a aboli la monarchie il y a presque 130 ans, donc un Prince par chez nous… Je ne vois pas trop ! Nous sommes anti royaliste si tu n'as pas compris ! Le peuple ne fait qu'un, il n'existe pas de caste chez nous !

— Oubliez le Prince, dites-moi ce à quoi vous rêviez de consacrer votre vie, avant tout ça…

— Je ne sais pas trop… J'avais déjà envie de faire le tour du pays, puis de voir comment était le monde, comment les gens vivaient ailleurs, ça m'aurait plu.

— Non, je vous parle d'un travail, qu'est-ce que vous auriez aimé faire pour gagner votre vie ?

— Ben ça… le travail n'existe pas chez nous, il a été jugé stérile et inefficace. De plus c'est stupide de vouloir gagner sa vie alors qu'on l'a déjà !

— Mais… Je ne comprends pas, comment votre pays fonctionne sans salarié ? Comment vivez-vous sans travail ?

— Oh c'est tout simple, après la chute de la monarchie nous avons poursuivi notre envie d'évolution, et nous avons dissocié le travail d'un salaire. Nous ne gagnons pas d'argent afin de récompenser un travail donné, nous touchons un défraiement à vie parce que nous sommes des êtres humains. Donc le jour de mes 18 ans, l'âge de notre maturité sociale, j'ai reçu ma première rétribution en tant que Membre du Peuple. Bon depuis elles s'accumulent sur mon compte, mais peu importe.

— Je suis perdu là... Vous touchez de l'argent sans avoir besoin de travailler, mais... C'est impossible !

Elle éclata de rire,

— Ah ben alors c'est un truc chimérique qui dure depuis une centaine d'années ! Chut attends, laisse-moi t'expliquer ! Je sais que c'est un nouveau paradigme pour toi et qu'il est compliqué voire impossible de t'imaginer que tu puisses vivre, sans être forcé de trimer dans un boulot juste pour toucher quelques subsides. Chez nous pas de différence entre le peuple, pas de monarchie avérée ou rampante, nous n'avons même pas de Président ! Nous avons un parlement tiré au sort chaque année dans l'ensemble de la population, et parmi eux, un porte-parole est désigné chaque mois. Les grands sujets, tel que la guerre, sont réglés à l'aide de questions référendaires. C'est le Peuple qui décide pour le peuple.

— Très bien... Mais et le monde du travail ? Comment faites-vous tourner vos usines ? Avec des licornes ?

— Ah ah très drôle ! Toujours opposer le sarcasme lorsqu'une solution simple, efficace, et originale est mise en œuvre, cela pourrait perturber l'ordre imposé, c'est ça ?

Elle pinça les lèvres, avant de poursuivre d'un ton enflammé :

— Donc nous touchons chaque mois notre rétribution, qui suivant ce que nous devenons pourra être multipliée par cinq. C'est le niveau maximum. Mon père qui est ingénieur, qui a été major de sa promotion et qui est à présent responsable de l'usine de camion de notre ville, touche cette rétribution, du fait de ses études et de son investissement dans l'expansion de notre communauté. Mais s'il veut cesser de s'occuper de l'usine et se consacrer à autre chose, il continuera à toucher cette somme. Elle est indépendante de notre production, elle est liée à notre développement personnel, est-ce que tu comprends ?

— Plus ou moins, mais je ne vois pas comment il est possible de faire tourner une société sur un tel modèle économique ! Comment motiver les gens afin qu'ils aillent dans les usines ? Quel serait leur intérêt ? Pourquoi ne resteraient-ils pas chez eux à dormir ?

— Tu crois que nous sommes des bêtes de somme à qui on jette une carotte afin de les faire avancer. C'est complètement faux ! Les êtres humains sont curieux, ils ont envie de progresser et s'intéressent à mille choses ; alors oui certains restent chez eux, mais au bout d'un moment ils s'y ennuient et vont développer des envies. Ça peut être n'importe quoi : cultiver des fleurs et les disposer dans les rues de son village, écrire des poèmes ou faire des gâteaux ! Peu importe ! Chacun est libre d'explorer ses envies. Quant aux usines, eh bien nous avons éliminé les tâches les plus rebutantes avec une mécanisation poussée. Lorsqu'une besogne pénible requiert nécessairement de la main-d'œuvre humaine, on fait appel au peuple. Par exemple les écoles sont nettoyées chaque jour par les parents en rotation sur toute l'année, ce qui fait qu'au bout du compte, tout le monde participe sans qu'un labeur pénible et sans saveur ne retombe que sur le dos d'un seul. Je sais que c'est difficile pour toi d'appréhender ces notions, mais les gens n'ont pas besoin qu'on les pousse pour qu'ils aient envie de participer à la vie de leur communauté, bien au contraire même !

— Si vous le dites... Ça me paraît trop utopiste pour fonctionner...

— Tu me fais rire ! Cette utopie fonctionne depuis des générations chez nous ! Donc après avoir voyagé, j'aurais aimé étudier la nature et sans doute devenir garde forestier, comme mon grand-père.

— Une femme garde forestier !

— Je suis bien tireur d'élite ! De toute façon je ne vois pas en quoi mes gonades rentrent dans un tel paramètre.

— Mais… Mais parce que les femmes sont …

— Quoi les femmes ? Nous n'avons donc pas deux bras, deux jambes et deux mains ? Et puis lorsque tu seras capable de faire sortir de ton cul l'équivalent d'un poulet entier, on reparlera de faiblesse et je ne sais quoi !

Il la dévisagea, presque choqué. Tout ce qu'elle incarnait, était si éloigné de son propre univers, comment pouvait-il comprendre ? Elle était si différente des femmes qu'il connaissait ou avait pu côtoyer. Jamais il n'avait rencontré de femme comme elle, ni timide ni fragile ni timorée. Il avait jusqu'à présent, toujours pensé que les hommes étaient-là afin de protéger ces créatures délicates, du moins c'était ainsi que son éducation l'avait amené à considérer la moitié de l'humanité. Aujourd'hui, voilà que cette minuscule blondinette balayait toutes ses certitudes.

Elle le considéra d'un regard empreint de feu, avant de poursuivre :

— Nous avons aussi aboli le patriarcat en même temps que le travail, c'étaient des notions rétrogrades, avilissantes, inutiles quoi. Nous considérons avant tout notre humanité ! Nous sommes des êtres humains, certains ont les yeux bleus ou marron, d'autres sont grands ou petits, certains sont des hommes et d'autres des femmes, nous ne nous arrêtons pas à nos différences, mais à ce qui nous lie et nous rassemble. C'est pourquoi nous sommes tous égaux dans nos droits et nos devoirs, que nous soyons blonds, bruns, gros ou maigres, hommes ou femmes. Aujourd'hui notre devoir c'est de défendre notre patrie, notre mode de vie, alors chaque personne qui en a la possibilité doit le faire, peu importe la couleur de ses yeux ou l'emplacement de ses organes reproducteurs ! Est-ce que tu comprends ?

Il lui retourna un court sourire :

— J'essaie, même si votre manière de voir le monde est tellement différente de tout ce que j'ai appris ou vécu... Dans un sens je saisis ce que vous dites et dans un autre, j'imagine Alena en première ligne avec un fusil et je suis heureux que notre structure sociale la protège. Jamais je n'aurais pu vivre en songeant aux risques qu'elle courrait !

Elle se redressa et, tendant la main, elle effleura son visage tout en disant d'une voix soudain très douce :

— Et elle, comment croyez-vous qu'elle vit, sachant que ses frères, son fiancé, ceux qu'elle aime, affrontent des dangers effrayants, mourront peut-être, sans qu'elle ait pu les aider d'une quelconque façon.

Il la dévisagea, bousculé dans ses convictions et ses émotions.

— Que voulez-vous que je vous réponde ? Je ne sais pas comment elle vit ça, mais ce que je sais, c'est que je me sens plus libre de la savoir en sécurité !

— Nous ne sommes pas de petits animaux qu'on met en cage, tu sais, nous ne sommes pas différents et ensemble nous formons un tout uni et complémentaire. Là, tu infantilises ta sœur et tu te rassures toi-même, c'est à la fois égoïste et dévalorisant pour elle !

Agacé, il réprima une colère naissante, préférant lâcher d'un ton froid :

— C'est votre avis, caporale, mais toutes les femmes ne sont pas des valkyries comme vous !

— Détrompe-toi, nous sommes fortes, nous sommes toutes des guerrières !

Il la regarda durant quelques secondes qui s'étirèrent, effleurant son visage aux traits fins, ses cheveux blonds qu'elle avait ramenés en un vague chignon sur le haut de la tête, ses épaules dénudées et son bras droit couvert de tatouages.

— Vous êtes quelqu'un d'exceptionnel, caporale Osbern, mais tout le monde ne peut avoir votre force mentale.

Désignant le tatouage qui montait depuis son poignet jusqu'à son épaule, il remarqua :

— Pourquoi avoir encré votre peau ? Vous êtes une telle énigme !

— Oh ça, ce sont des fleurs qui poussent chez moi dans les montagnes, je voulais les emmener partout avec moi. Lorsque je suis triste ou déprimée, je les regarde et ça me redonne de l'espoir. C'est une promesse.

— Il y a quelque chose d'écrit, est-ce indiscret de vous demander ce que c'est ? Je suis incapable de lire votre langue.

— C'est seulement le titre d'un poème très connu chez nous : « Un jour le printemps reviendra » il parle de guerre, de destruction et d'espoir. Et toi, quels tatouages t'accompagnent ?

Il éclata d'un rire massif qui la surprit.

— Il n'y a que vous, les barbares du Nord, qui vous tatouez ! Nous nous targuons d'être civilisés donc pas de tatouage.

— Tu sais ce qu'elle te dit la barbare ? grommela-t-elle avant de poursuivre. Et toi alors ? Qu'aurais-tu voulu être s'il n'y avait pas ce conflit pourri ?

— Je suis militaire, donc j'aurais fait ce que je fais aujourd'hui, enfin non je serais au chaud dans une caserne au lieu d'arpenter les montagnes en compagnie d'une furie.

Esquissant un sourire au mot « furie », elle préféra ne pas relever. Néanmoins peu satisfaite par sa réponse, elle insista, les sourcils froncés au-dessus de ses yeux aussi clairs que l'eau translucide de la rivière.

— Non, mais pas ça ! Qu'est-ce qui serait ton rêve ? Que souhaiterais-tu le plus au monde, outre retrouver ton domaine et patin couffin.

Il détourna la tête, observa un faucon posé sur la branche flexible d'un bouleau, avant de finir par murmurer :

— Si j'avais le choix j'aimerais rencontrer une femme hors du commun, en tomber amoureux, vivre et vieillir avec elle... C'est tout ce que je demande au Grand Tout, même si je sais que c'est illusoire.

Prise de court, elle le considéra avec une surprise mêlée à un panel d'émotions contradictoires.

— Toi aussi major Dak Susak, tu es une énigme... Je hais tout ce que tu es, tout ce que tu représentes et en même temps...

— En même temps quoi, caporale ?

— En même temps rien, ou plutôt si : il est temps de sortir de l'eau et organiser notre bivouac !

Tandis qu'elle affirmait ça, elle étala ses mains devant elle, considérant avec une grimace ses doigts fripés par l'eau chaude.

— Bon, allez, voici le moment le moins sympa, mais quand il faut, il faut.

Se relevant avec une grâce inconsciente, l'eau ruisselant sur ses courbes tendres, elle grimpa sur la berge, sous l'œil sidéré voire abasourdi du major. Elle saisit de gros paquets de neige dont elle se frictionna de la tête aux pieds. Fasciné malgré lui, il vit sa peau se teindre de dégradés de rose avant que, réalisant la situation, il ne détourne le regard.

— Caporale, non seulement vous êtes folle, mais en plus vous... vous pourriez prévenir, franchement !

Attrapant tee-shirt et chemise, elle s'en vêtit en un tour de main, frissonnante, avant de répliquer :

— Prévenir de quoi ?

Puis elle remarqua sa gêne, tandis qu'il s'ingéniait à fixer son regard sur la rive opposée. Sans pouvoir s'en empêcher, elle gloussa :

— Remets-toi, je suis bien certaine que tu as déjà vu des tas de nanas toutes nues, et ben je ne suis pas différente ! C'est bon, pas besoin de devenir aussi rouge ! Mais qu'est-ce que vous êtes pudibonds les Vik', c'est pas possible.

— Je ne suis pas pudibond, mais un minimum de décence pourrait être pas mal dans nos rapports, non ? grogna-t-il entre ses dents.

— Oui ben en attendant, il serait temps que tu cesses toi aussi de barboter, on a du boulot monsieur la Décence.

Son embarras semblant augmenter d'un cran, il marmonna :

— C'est bon caporale, j'arrive.

Déconcertée, elle lui renvoya un coup d'œil, tandis qu'elle finissait de passer ses boots.

— Ne t'en fais pas pour moi, des gars nus j'en ai vu toute ma vie, donc je ne vais pas m'évanouir, t'inquiète !

Maîtrisant sa nervosité et sa confusion, autant qu'il le pouvait, il lança :

— Vous êtes pénible caporale ! Laissez-moi tranquille cinq minutes, allez grouiller ailleurs, et oubliez-moi un moment, est-ce possible, ou c'est trop demandé ?

Enfilant sa lourde veste en toile matelassée, elle le dévisagea avec étonnement, avant que, comprenant la situation ou le lisant dans son regard plein de troubles, elle ne retint un éclat de rire. Elle préféra lui renvoyer un sourire dans lequel dansait un peu trop de gaîté à son goût :

— Ah d'accord, je vois… bon, ce n'est pas très grave, c'est même plutôt bien, au moins on sait que tu es en parfaite santé physique et mentale !

Retenant un hurlement de rage, qu'il savait vain, il préféra serrer les dents sans répondre, tentant de refouler les émotions ambivalentes qu'elle remuait en lui. Enfonçant sa chapka sur son crâne, elle poursuivit, sans faire grand cas de son énervement :

— Écoute c'est plutôt normal et naturel, non ? Y a pas de quoi en faire tout un fromage ! Le matin dans les baraquements c'est quasi un concours de chapiteau qu'ils font les gars, et regarde je suis toujours vivante et mes yeux n'ont pas fondu suite à de tels spectacles. Et si ça peut te rassurer, ça nous arrive aussi à nous, les filles, c'est seulement un brin plus discret... Devant son visage à la fois furieux et désemparé, elle haussa une épaule, saisit son fusil, avant de dire :

— C'est bon je te laisse gérer ta situation, ne prends pas trop de temps quand même !

Puis avant qu'il puisse dire quoi que ce soit, elle tourna les talons et s'enfonça sous le couvert des arbres, le laissant seul, enfin. Une fois certain qu'elle avait disparu, il hésita une seconde, revoyant sans même le souhaiter la douceur pleine de promesses de son corps délicat. Sans doute n'aurait-elle pas apprécié ce qualificatif, c'était pourtant celui qui lui parut le plus approprié. Il ferma les yeux, refoulant son désir, même si cela semblait illusoire. Considérant la neige avec un soupir, il songea que la seule solution, restait dans un bon choc thermique.

Moins d'une demi-heure plus tard, il retrouvait Solveig en train d'allumer un feu. Elle lui renvoya un sourire qu'il jugea un peu trop goguenard, mais qu'il fit mine d'ignorer.

— Ah te voilà ! Ça va mieux ?

Il lui jeta un coup d'œil cinglant, tandis qu'elle posait quelques branches dans les flammes vacillantes.

— Ben quoi ?! Au moins te voilà détendu...

— Vous n'êtes pas pénible caporale, vous êtes la définition de ce mot !

— Ah… ben on repassera pour la détente alors ! Bon, tu t'occupes du feu je vais bâtir notre logis du soir. Et pendant que tu n'en profitais même pas pour te décontracter, je suis tombée sur la réserve d'un écureuil. Ce soir ce sera fiesta de noix et noisettes, à défaut d'autres choses !

CHAPITRE 18

Les heures ne sont que meurtrières

Depuis deux ou trois jours Solveig affichait un sourire soulagé. À quoi voyait-elle que leur avancée était positive, le major n'en savait rien, peut-être les arbres lui parlaient-ils, qui sait ?

Elle était d'une humeur joviale que rien ne semblait pouvoir altérer, même pas les traces d'un loup en chasse, qu'ils repérèrent un matin, traces effrayantes dans la blancheur lumineuse dont elle rit avec une sorte de férocité.

— Il doit être affamé, si on le croise…, remarqua le major.

— Nous aussi on est affamé, l'avait-elle interrompu, avant d'ajouter. Si on le croise on le bouffe !

Il n'était pas certain de vouloir goûter à du rôti de loup, néanmoins sa combativité et sa bonne humeur l'avaient fait sourire.

Finalement ils atteignirent une large vallée, au fond de laquelle coulait une paisible rivière. Ce n'était, hélas, pas de l'eau issue d'une source chaude ! Elle était même gelée, à tout dire, ce qui n'entama pourtant pas la bonne humeur de Solveig.

Avisant quelques arbres, elle chantonna il ne savait quoi dans sa langue incompréhensible, aux sonorités rudes et qui pourtant dans sa bouche devenaient presque mélodieuses.

— Regarde, des bouleaux, des hêtres, on a bien descendu, on devrait tomber sur un semblant de civilisation, cabanes ou abris de bergers, de bûcherons ou de trappeurs.

Il était toujours sidéré par ses connaissances, sa manière de lire la montagne, aussi il hocha la tête, la croyant sur parole.

La vallée allait en s'élargissant, ce qui ravit d'autant plus la jeune fille. C'est donc d'un pas vif qu'elle crapahutait dans la neige haute, un sourire aux lèvres, les joues rosies par le froid vif, son fusil à l'épaule, prête sans aucun doute à tirer et manger tout ce qui passerait à portée de son arme !

Dans le ciel, un gypaète barbu, le plus grand vautour de ce continent, allait et venait dans un vol majestueux, scrutant lui aussi la moindre opportunité de se nourrir. Solveig le montra du doigt au major, qui impressionné, espéra que l'énorme rapace n'allait pas les juger comestibles.

Un soleil timide effleurait les cimes environnantes, créant des ombres mouvantes, et pour une fois il ne neigeait pas, ce qui était un soulagement.

— Vous savez ce que veut dire « Tasson », caporale ?

Elle lui lança un coup d'œil, repoussa une branche, tout en marmonnant :

— Bah non, je ne parle pas toutes les langues non plus !

— Cela signifie blaireaux, nous sommes dans le massif des blaireaux, et regardez pourquoi…, fit-il tout en tendant un doigt vers les ombres qui s'étalaient sur les monts environnants, dans des camaïeux de gris et de noir, s'opposant à la blancheur satinée des pentes enneigées.

Elle s'arrêta, observant les couleurs mouvantes, avant de lâcher :

— Oui, évidemment ! Ces montagnes prennent la couleur du blaireau et sans doute en ont-elles la férocité aussi...

— Bah je ne me fais pas de souci si jamais nous rencontrons l'une de ces bestioles...

— Ah ça aucune question à se poser, major, si un tel machin grassouillet sort de sa retraite hivernale : on le bouffera !

Ils s'entre-regardèrent, avant d'éclater d'un rire semblable.

Ils reprirent leur avancée d'un pas joyeux, appréciant presque cette randonnée forcée, malgré le froid, la faim, la peur, cette complicité nouvelle semblait auréoler la journée d'un éclat particulier.

Soudain, alors que Solveig marchait quelques mètres devant, il la vit disparaître, sans un cri, comme happée par la neige ! Sans même réfléchir il se précipita, autant que la hauteur de la neige et ses longues jambes le lui permettaient. Épouvanté, son cœur battait sourdement.

Tout à coup il entendit son prénom se répercuter dans un souffle fragile sous la voûte des arbres, et ce « Lev » incongru lui fut le coup de fouet supplémentaire qui le fit rejoindre en trois bonds, l'endroit où la jeune fille avait disparu.

Il la vit alors, étendue dans la neige, aussi pâle d'ailleurs, les dents serrées sur un rictus de douleur. Elle ne laissait fuser pourtant aucune plainte, et seules deux larmes roulant sur ses joues blêmes attestaient de sa souffrance. Affolé, s'efforçant néanmoins de maîtriser sa peur, il s'agenouilla à côté d'elle, essayant de comprendre ce qui s'était passé. C'est alors qu'il remarqua le sang qui s'écoulait, goutte à goutte de sa jambe, tache pourpre dans la neige diaphane. Puis il vit les mâchoires en fer, refermées sur sa cheville tel un fauve furieux.

Les yeux éperdus de souffrance, Solveig le regardait, murmurant à nouveau dans un souffle :

— Lev…

— Ne bouge pas ! C'est juste un piège ! Reste tranquille, tout va bien aller…

Ce n'était que des mots, mais son ton rassurant, empreint de force et d'un sang-froid qu'il n'éprouvait pas, la rasséréna. Ni l'un ni l'autre ne s'arrêtèrent sur ce tutoiement nouveau, poussé par les événements. Il se pencha, examina le mécanisme sommaire, avant de l'ouvrir, libérant la jeune fille. Il referma l'engin de mort, le balançant au loin d'un geste rageur qui le réconforta une fraction de seconde. Ensuite, faisant glisser son sac, il en tira la trousse de secours, celle qu'il espérait n'avoir jamais à utiliser.

— Tout va bien, ce n'est rien…

Rien, c'était beaucoup s'avancer… Il lui enleva sa bande molletière révélant alors plusieurs blessures, profondes, dues aux dents qui s'étaient enfoncées dans la chair. Il désinfecta hâtivement, lui posa bande et compresses afin d'endiguer le sang. Puis, coupant quelques branches, il en fit une rapide attelle qu'il fixa, serrée à l'aide de la longue bande molletière.

Pendant toute l'opération, Solveig resta muette, ne laissant même pas un gémissement franchir la barrière de ses lèvres livides. Elle aurait pu hurler, il l'aurait compris ! Sa force de caractère lui broya un peu plus le cœur.

Une fois fini, elle se contenta de murmurer :

— C'est cassé, c'est ça…

— Mais non ! J'ai juste appliqué les directives en cas de blessures, c'est tout ! Reste tranquille.

En réalité il ignorait s'il y avait ou non fracture ! Au vu de la force du piège, il était envisageable qu'elle en ait même plusieurs… Il garda cependant ses réflexions pour lui, au contraire, se penchant vers elle, il affirma :

— Tu as trois trous dans la cheville, ça va aller ne t'en fais pas !

Elle tenta de se lever, mais dut y renoncer. Terrifiée, elle lui lança un coup d'œil hagard.

— Laisse-moi ! Je ne peux pas marcher, laisse-moi ! Je vais t'encombrer et nous mourrons tous les deux ! Alors file !

Il lui renvoya un regard presque dur, tout en lâchant :

— Tais-toi, caporale !

Il attrapa le sac qu'il remit sur ses épaules, ramassa le fusil puis se pencha vers elle et la souleva. Il fut étonné par sa légèreté, tandis qu'elle grognait de douleur et tentait de se débattre, sanglotant contre son épaule. Il ne savait si c'était de souffrance ou de colère !

— Lâche-moi ! Si tu fais ça nous allons mourir tous les deux !

— Tiens-toi tranquille ! Eh bien si nous devons mourir, nous mourrons ensemble !

Puis, sans qu'elle ait l'énergie de protester, il avança d'un pas, puis d'un autre, la tenant serrée contre lui et sans doute que rien au monde n'aurait pu le dissuader de l'abandonner.

CHAPITRE 19

Alors que pour une chimère

Peu à peu elle reprit conscience. Ce fut d'abord un bruit diffus de craquements familiers, puis l'odeur entêtante du bois de résineux qui se consumait. Elle avait chaud, elle était bien. Une couverture rêche grattait la peau nue de ses jambes, sans qu'elle puisse déterminer si ce contact était dérangeant ou pas. Elle voulut bouger, mais en fut empêchée par une douleur fulgurante, qui se diffusa depuis sa jambe droite, lui arrachant un gémissement.

Elle perçut des pas résonner sur un plancher, et affolée se débattit afin d'ouvrir les yeux. Une voix qu'elle aurait reconnue n'importe où, s'exclama avec douceur :

— Tout va bien Solveig ! Chut, tout va bien…

Ouvrant enfin les yeux, elle se redressa avec maladresse, croisant un regard de printemps qui la dévisageait avec inquiétude et soulagement. Sans un mot, elle se blottit contre lui, s'agrippant à ses épaules tandis qu'il refermait ses bras sur elle. Tout ce qu'elle était capable de dire c'était de répéter en boucle son prénom « Lev », au milieu de sanglots qu'il lui était impossible, pour une fois, de réprimer. Enfin elle se calma, et dardant son regard dans le sien, elle grommela entre deux reniflements :

— Pourquoi ne m'as-tu pas laissée ?

Englobant son visage dans ses mains, aux doigts longs et secs, presque aristocratiques, il esquissa un demi-sourire tout en affirmant d'un ton narquois :

— Parce que je ne suis pas à tes ordres, figure-toi !

Puis, d'une voix plus basse, soudain sérieuse, il murmura :

— Et toi ? M'aurais-tu abandonné, seul dans la neige ?

Soutenant son regard qui plongeait au plus profond d'elle-même, elle bredouilla d'une voix pleine de larmes :

— Non… Évidemment que non… Jamais je ne t'aurais laissé !

— Je sais ! Tu aurais plutôt réveillé un ours à coups de pied pour qu'il dégage de son antre, en faire une carpette et le bouffer à la broche !

Elle retint un gloussement, son regard s'éclairant d'une gaîté soudaine.

— C'est pas faux !

Avant d'ajouter, avec curiosité :

— On est où ?

— Oh, nous sommes dans un palais : une cabane de bûcherons avec tout le confort moderne ou presque. Disons qu'il y a une cheminée et un lit !

— Tu as trouvé une cabane !

— Mouais, c'est toi qui l'avais prédit, souviens-toi.

Il passa sous silence les heures terrifiantes qu'il avait vécues, à avancer dans la neige, chaque pas lui coûtant un effort qu'il ignorait pouvoir reproduire. Alors il avait prié, s'adressant au Grand Tout avec tout le désespoir qui l'animait, porté par sa peur de la voir mourir et l'adrénaline qui courait dans ses veines et le maintenait debout. Finalement était-ce le hasard ? Était-ce ses prières ? Alors qu'il lui semblait toucher le fond de ses ultimes forces, il avait aperçu dans la trouée verdoyante d'un bouquet de conifères, les lignes droites d'une construction. Dans une minuscule clairière, une modeste cabane se dressait là, servant l'été à quelque berger ou bûcheron, il l'ignorait, et à vrai dire, s'en fichait !

D'un coup de pied il avait ouvert la porte, le cœur battant la chamade, un sourire illuminant son visage dont la barbe naissante en soulignait l'âpreté. Il avait su qu'ils étaient sauvés, au moins pour un temps. Mais il ne lui confia rien de l'épreuve qu'il avait endurée, préférant se repaître de l'instant présent : elle était vivante, rien d'autre ne comptait.

Avec une hésitation qu'il ne lui connaissait pas, elle glissa ses mains sur les siennes, mêlant ses doigts aux siens, ses yeux clairs brûlant d'une émotion qui la submergeait.

— Lev…, balbutia-t-elle d'une voix où tout à coup son accent du Nord ressortait plus fort que d'ordinaire. Tu sais, lorsque je t'ai dit que je n'étais jamais tombée amoureuse, c'était faux…

Effrayée, le cœur battant, elle poursuivit comme on se jette dans le vide, sans parachute. Ses yeux rivés dans les siens, elle chuchota, sachant qu'ensuite tout retour serait impossible :

— Peut-être suis-je tombée amoureuse de toi le jour où je t'ai abattu, peut-être est-ce lorsque tu es entré dans cette tente pour faire face à ce Commissaire, peut-être est-ce lorsque tu m'as fait confiance et ôté mes menottes… Peut-être que je tombe amoureuse de toi à chaque seconde qui s'écoule, mais après tout ce n'est pas le plus important. Je t'aime Lev. J'ai essayé de ne pas t'aimer, parce que t'aimer c'est trahir à chaque instant tout ce à quoi je crois, tout ce qui compte pour moi. Mais je n'y arrive pas… Ce sentiment est si fort que parfois je ne parviens plus à respirer, que parfois mon cœur semble s'arrêter. Alors si t'aimer c'est trahir les miens, trahir mon pays, tant pis…

Bouleversé, il l'attira contre lui, percevant le rythme fou de son cœur qui répondait au sien, tandis qu'elle tremblait entre ses bras.

— Je ne sais pas où tout ça va nous conduire, mais ce que je sais, c'est que je donnerais ma vie pour toi… Je t'aime Solveig… je t'aime, aussi pénible et exquise que tu sois !

Il la sentit soupirer et se détendre, comme si un poids s'envolait soudain de ses frêles épaules.

— Eh, ne me dis pas que tu en doutais ?! Ça semblait pourtant évident, non ?

Elle esquissa un sourire, avant de répondre à mi-voix :

— Pas tant que ça, et puis est-ce qu'on ne serait pas simplement victimes d'un syndrome bizarre d'identification émotionnelle ? Est-ce que tout ça est réel ? N'est-ce pas une chimère ?

Glissant ses mains dans ses cheveux dénoués, il soutint son regard tout en affirmant :

— Dans mon pays on appelle ce syndrome d'un nom tout simple, on le nomme l'amour…

Puis sans attendre de réponse, il lui prit la bouche d'un baiser qu'il gardait en lui depuis des jours, des semaines.

CHAPITRE 20

Soudain toutes les barrières qu'ils s'étaient érigées, s'effondrèrent, volèrent en éclat dans la même seconde. Qu'ils soient de deux bords opposés, ennemis portant des uniformes différents et défendant des causes antagonistes, ne comptait plus, n'avait plus la moindre importance. Tout ce qui en avait, toute l'essentialité de l'univers ne résidait plus que dans leurs lèvres avides et leurs corps affamés. Avec un empressement qui la faisait trembler, Solveig enleva la vareuse grise de Lev, puis s'attaqua aux boutons de sa chemise, le sang battant à ses tempes, frustrée depuis trop longtemps pour accepter de l'être quelques secondes de plus. La chemise rejoignit la veste sur le plancher, et nul ne se soucia de savoir quelles poussières elles y récolteraient ! Avec une semblable impatience, Lev lui enleva ses vêtements, qui eux aussi atterrirent par terre. Enfin elle fut nue devant lui, nue pour lui.

Intimidé, saisi par la beauté fine, presque frêle de son corps aux courbes à peine esquissées, il resta une seconde à la contempler alors qu'impatiente elle l'attirait vers elle. Une vague, telle un tsunami, le secoua d'un bonheur sans précédent, lorsqu'il la tint entre ses bras, lorsque soudain, il sentit son corps doux, délicat, vibrer sous ses doigts. Embrassant son ventre, effleurant sa peau tendre, il lui semblait que jamais il n'aurait assez de toute sa vie pour explorer tous les méandres de voluptés qu'elle lui promettait.

Oubliant sa blessure, elle grogna de douleur lorsqu'elle se rappela à elle, alarmant aussitôt Lev. Il se redressa, inquiet :

— On va p't'être s'abstenir, ce sera plus prudent…

Fronçant les sourcils, elle lâcha dans un rire :

— Alors ça, pas question ! C'est pas un stupide bobo qui va m'empêcher de quoi que ce soit ! Et si tu n'es pas d'accord avec ça, je te promets que cette fois, je te viole !

Retenant un rire, il lui décocha un sourire tandis qu'il songeait que jamais il n'avait rencontré quelqu'un comme elle. Elle était unique et elle était là, entre ses bras. Sans doute était-il l'homme le plus chanceux au monde.

Enroulant ses bras autour de son cou, elle se lova contre lui tout en le grignotant de baisers sous lesquels il frémit. Mordillant son cou, elle murmura :

— On va juste ne pas espérer après des positions trop acrobatiques, hein…

— Chaque seconde est acrobatique avec toi, alors pas besoin d'en rajouter !

Puis submergés tous deux par des émotions et des sensations qui les emportaient loin de cette cabane, loin de cette vallée et de ces montagnes glacées, ce ne fut plus que le temps des souffles joints et des corps unis. Peu importait du reste ! De la neige qui tombait, masse poudreuse et diaphane se déposant flocon après flocon sur le toit de la cabane, sur les mélèzes l'entourant qui, les branches lourdes de tant de blanches accumulations, se demandaient comment ils résisteraient. Sans doute était-ce la question qu'ils se posaient, hiver après hiver. Peu importait du monde, qui au-delà des montagnes, pris dans un étau de folie, poursuivait une destruction insensée. Rien n'importait que leurs cœurs fous et leurs corps qui réinventaient toutes les merveilles du monde, la paix et l'acceptation comprises.

Finalement épuisée, groggy de bonheur, elle s'endormit sur lui, mussée contre sa poitrine comme c'était devenu une habitude, au fil des jours et des circonstances. Pourtant, à présent tout était différent. Il pouvait la serrer contre lui, respirer l'odeur tendre de sa nuque, embrasser sa tempe où battait une veine infime, et la contempler, abandonnée dans une confiance qui le bouleversait.

Le feu réduit à l'état de quelques brandons, l'obligea à regret à reprendre pied dans une réalité plus terre à terre. Enfilant pantalon et chemise, il s'habilla hâtivement, relança les tisons avec deux bûches, jeta un coup d'œil à Solveig endormie, la masse de ses cheveux bouillonnant en soleil autour d'elle. Le cœur débordant d'une félicité dont il n'avait même pas espéré rêver, il sortit de la cabane afin de récupérer une brassée de bois. Par chance, les bûcherons ou bergers, peu importait, étaient prévoyants et organisés : sous le débord du toit en bardeaux, tout un pan de la cabane disparaissait sous un empilement de bûches, tiré au cordeau.

Il posa le bois en faisant le moins de bruit possible, la laissant dormir, résistant à l'envie de l'embrasser encore et encore. Afin de s'occuper, il ramassa de la neige, la fit fondre devant l'âtre et commença à organiser la cabane, en débutant déjà par une inspection approfondie des ressources qu'elle recelait.

Solveig fut tirée du sommeil par un arôme entêtant qui surpassait même celui des bûches se consumant dans la cheminée. Croyant rêver, elle reprit peu à peu pied avec la réalité, songeant que cette odeur délicieuse ne pouvait qu'être issue de ses rêves. Elle s'étira, cherchant Lev du regard, émoustillée par les senteurs qui se propageaient dans la cabane. Elle ne rêvait pas : ça sentait le café ! Le café !

Intriguée et l'estomac gargouillant, elle se redressa, humant l'air telle une chatte gourmande. À cet instant même, Lev apparut d'on ne sait où. Il lui décocha un sourire, tout en lançant :

— Alors, bien dormi ? Prête pour un petit déjeuner… ou plutôt le dîner parce qu'en fait la nuit tombe, donc…

Elle ne répondit rien, se contentant de le dévisager avec une émotion qui le bouleversa. Repoussant les couvertures, elle tenta de se mettre debout afin de le rejoindre, afin de se glisser dans ses bras, cependant son pied, la rappela encore à l'ordre. Effrayé, Lev se précipita vers elle, la forçant à rester au lit.

— Eh ! Tiens-toi tranquille ! Le repas est servi au lit !

Puis d'un ton sérieux, dans lequel ses peurs affleuraient, il ajouta :

— J'ignore si tu as une fracture, tout ce que je sais c'est que si l'infection gagne, s'il y a gangrène, nous serons démunis… Alors sois patiente, je t'en prie…

Transpercée par la détresse qui s'étirait dans son regard, elle resta figée une seconde, avant d'effleurer son visage d'une main.

— Ne t'en fais pas, je peux rester tranquille, j'ai des milliers d'heures de sommeil en retard à rattraper !

Saisissant sa main, il embrassa ses doigts, tout en remarquant d'un ton, un brin narquois :

— Alors tant mieux, parce que pour une consolidation osseuse on doit compter minimum six semaines !

Stupéfaite, elle se redressa :

— Quoi ? Tu veux me garder là tout ce temps ?

— Je ne veux pas, je t'expose les faits, maintenant tu peux prendre ton barda et partir clopiner à cloche-pied dans la neige !

Elle le dévisagea sans dire un mot.

— Quoi ? s'exclama-t-il tout en réprimant un rire. Personne, et moi encore moins qu'un autre, ne serait capable de t'empêcher de faire ce dont tu as envie !

Elle lui renvoya une grimace, avant de marmonner :

— Je te signale que c'est toi qui m'as traquée et arrêtée, mais bon on peut dire qu'il n'y a pas d'urgence à regagner le monde, hein…

Elle n'exposa pas ses appréhensions quant à l'avenir qui les guettait : était-ce nécessaire… Il le savait aussi bien qu'elle. Elle préféra chasser de son esprit tout ce qui n'avait rien à faire dans leur présent et, lui renvoyant un sourire, elle murmura d'un ton appréciateur :

— Tu t'es rasé !?

Passant une main sur son visage, il acquiesça :

— Nous ne sommes pas des barbares hirsutes et une tenue irréprochable est une règle de vie… Bon, en fait, la barbe commençait à gratter surtout !

Elle réprima un gloussement, préférant cependant glisser ses lèvres sur son visage rasé de près, se demandant vaguement comment il s'y était pris, avant d'oublier cette pensée en posant sa bouche sur la sienne.

Ils ressortirent de ce baiser avec la seule envie d'y replonger, mais un gargouillement les interrompit.

— Eh bien je crois qu'il est temps de te nourrir, rigola-t-il tout en se relevant.

Elle aurait bien passé sur ses récriminations stomacales afin de parer à de plus urgentes, à son avis, mais Lev remplissait déjà une tasse et la lui tendait. L'arôme intense la prit de court, tandis qu'elle refermait les doigts sur le métal bosselé par une vie d'aventures. Une volute s'éleva vers son visage, lui apportant la fragrance chaude du café. Respirant le liquide brûlant, elle en savourait par avance la force corsée, liée à une amertume, qui titillait déjà ses papilles. Enfin, elle plongea ses lèvres dans le liquide sombre, le dégustant à petites gorgées gourmandes. C'était un délice. Levant les yeux, elle le lui dit, même s'il l'avait compris !

— Mais… Mais comment tu as fait du café ? Ici !

— Ne sous-estime pas la puissance du Grand Tout, ni celle des bûcherons d'ailleurs ! Je me suis contenté de fouiller notre refuge et merci aux Biscantins d'être aussi organisés, on a de quoi tenir un siège !

Ils partagèrent une boîte de conserve réchauffée sur le feu, heureux d'être au chaud, de manger et surtout d'être ensemble. Repue, sirotant une deuxième tasse de café, Solveig se lova contre lui dans un bien-être total.

Repoussant ses mèches échevelées, il l'embrassa dans la nuque, respirant l'odeur de sa peau, en appréciant sa douceur. Elle grogna de plaisir avant de se redresser, jeter la tasse vide sur le parquet et poser ses lèvres sur les siennes dans une sorte de joyeuse urgence. Avec impétuosité elle commença à déboutonner sa chemise, lorsqu'il l'interrompit :

— Attends ! Tu sais, il va falloir faire attention…

— Attention ? Attention à quoi ?

— Attention tout court…, s'embrouilla-t-il avant de lâcher :

— Ce n'est peut-être pas le moment idéal pour que tu tombes enceinte…

— Ah pour ça ? Ah ben ne te tracasse pas ! s'exclama-t-elle tout en glissant ses mains sur son torse en une caresse qui le fit frémir.

Il la repoussa néanmoins, afin de la considérer droit dans les yeux :

— Ce n'est pas un jeu, Solveig !

Elle haussa une épaule, tout en lui retournant un sourire :

— Cela en est encore moins un pour moi, figure-toi ! Mais ne t'en fais pas, regarde ! fit-elle tout en lui montrant une minuscule cicatrice sur son bras.

— Comme tous les soldats et tout le personnel féminin de l'armée du Snofjell, je porte un implant contraceptif permettant de couvrir une période de deux ans. Donc détends-toi !

Ébahi, il la dévisagea :

— Ça existe ce genre de truc ?

Elle se mordit les lèvres afin de ni éclater de rire ni partir dans une longue diatribe sur les droits des femmes à disposer de leur propre corps.

— Oui, évidemment…

Puis elle préféra oublier les femmes Vik' à leurs problèmes et entraîner Lev dans un moment de plaisir partagé. Après tout, elle n'était pas le porte-parole officiel de la lutte pour les droits des êtres humains !

Tout à coup, au milieu de ces montagnes glacées c'était une vie d'une absolue évidence qui s'ouvrait devant eux. Souvent Solveig s'imaginait rester là, à jamais perdue dans cette bulle de bonheur, seule avec Lev, seuls avec leur amour, seuls dans cette quiétude oubliée, loin de toute la folie du monde, loin de la haine et de la mort. C'était illusoire, elle le savait, cependant son cœur n'aspirait lui, qu'à une telle simplicité. Il ne voulait que Lev, rien d'autre.

Lorsqu'elle le regardait, aller et venir dans la cabane, se livrant à mille tâches, elle ne pouvait que rester figée et stupide, en apnée, à admirer chacun de ses gestes. Quelque part elle tentait aussi de graver chacun de ces instants dans sa mémoire, sachant par avance que cette parenthèse ne durerait pas. Un jour il leur faudrait repartir… Elle refusait de penser à ce moment et surtout à ce qui se passerait ensuite. Qu'adviendrait-il d'eux ? Elle l'ignorait et pour l'instant elle ne souhaitait que s'immerger dans un présent dont la simplicité absolue la comblait.

Pour le moment il n'était pas question, par chance, de bouger. Son pied, après une semaine, était toujours très gonflé, cependant les trous dans sa cheville cicatrisaient sans encombre, ce qui était déjà ça. Elle put donc bientôt clopiner dans toute la cabane, en appui sur une béquille que Lev lui avait taillée dans une branche de bouleau. Ainsi elle se sentait un peu moins dépendante de lui, même si la plupart des corvées lui incombaient. Cela ne semblait pas le déranger !

Afin de ménager leurs provisions, il partait chasser de temps à autre, ce qui terrifiait Solveig. Elle s'imaginait mille dangers prêts à l'engloutir, aussi pendant les heures où il s'absentait, ne vivait-elle que dans l'attente de son retour, le guettant par les carreaux de la minuscule fenêtre. Enfin il revenait portant un lièvre ou parfois une biche. Elle lui sautait au cou, et l'amour qu'il lisait dans ses yeux clairs, lui était à chaque seconde un miracle.

Il lui retournait son regard et sous ses yeux elle n'était plus « l'ange de la mort », elle n'était plus un soldat, elle était une femme et seulement une femme. D'un mot, d'un geste il parvenait à effacer les années passées à ramper dans la boue afin de ne voir que la femme qui était en elle. C'était si nouveau ! Au demeurant tout l'était, y compris cet amour neuf, fragile, interdit.

Allongés dans les bras l'un de l'autre, dans ce lit qui était devenu leur îlot de bonheur, le silence troublé par les seuls craquements du bois dans la cheminée, ils ne pouvaient se lasser l'un de l'autre. C'étaient des moments d'une tendresse absolue, nimbés toutefois d'une urgence qui les rendaient presque désespérés.

— Tu sais ce que je souhaiterais le plus au monde ? murmura Solveig, alors que blottie contre lui, elle promenait ses doigts sur son torse à la musculature sèche.

Il lui retourna un coup d'œil interrogatif.

— Quoi donc ?

D'une voix basse, noyée de larmes, elle lâcha :

— Tout ce que j'aimerais ce serait de pouvoir me réveiller le matin, tendre la main dans notre lit et que tu sois déjà parti pour une occupation qui ne mette pas ta vie en danger. Ton odeur flotterait encore sur les oreillers et je me rendormirais en rêvant de toi. Mais cela n'arrivera pas.

Que pouvait-il répondre ? Étreint par une semblable angoisse, il ne pouvait que la serrer dans ses bras et espérer qu'il y ait un futur pour eux.

Relevant son visage vers lui, elle ajouta dans un sourire tremblant :

— Nous avons ouvert la boîte de Pandore, n'est-ce pas ?

Il lui renvoya son sourire tout en l'embrassant dans la tiédeur de son cou :

— Disons que oui… Nous avons fraternisé…

Elle se redressa, le considérant droit dans les yeux :

— Fraternisé ? Tu appelles ça comme ça ? Quelle est la sentence pour une, hum fraternisation dans ton armée ?

Soutenant son regard, il laissa tomber d'un ton presque brutal :

— C'est la mort.

— Qu'allons-nous faire…

Il la serra contre lui, avec toute la force dont il était capable comme si dans le même temps il pouvait écraser les obstacles qui se trouvaient entre eux.

— Je ne sais pas… il y a toujours la guerre là-bas, et quoi qu'il se passe il y aura un vainqueur et un vaincu, et dans l'un ou l'autre des cas nous ne serons que des traîtres…

Elle étouffa un gémissement rageur et désespéré :

— J'aimerais rester ici jusqu'à la fin des temps… Que toi et moi et…

— Et une myriade de gosses, une fois que ton implant aurait cessé de fonctionner, remarqua-t-il d'un ton railleur.

Elle retint un gloussement, imaginant une seconde une demi-douzaine de gamins, nus et hirsutes, courir dans toute la cabane. L'idée lui plut.

— Oh oui ! Crois-tu qu'ils seraient blonds, comme moi, ou brun comme toi ? s'exclama-t-elle en passant ses doigts dans les cheveux de Lev qui, après des semaines loin de toute coupe réglementaire, avaient beaucoup poussé.

Sans doute ne les avait-il jamais eus aussi longs de toute sa vie !

— Tant qu'ils n'ont pas le caractère de leur mère, tout va bien, rétorqua-t-il d'un ton sarcastique.

Faussement vexée, elle lui renvoya une bourrade puis le cœur réjoui malgré tout, elle reprit :

— D'autre part je pense à ma famille, à mes parents, à Folder… Ils doivent être aux cent coups les pauvres… Et Folder comment se débrouille-t-il sans moi ? Je m'inquiète… Tu penses à ta famille toi aussi, n'est-ce pas ?

Il hocha la tête :

— Oui, évidemment. Comment faire autrement ? Je dois être porté disparu, je n'imagine pas l'angoisse de ma mère et de ma sœur… Je voudrais pouvoir les rassurer, leur dire que je suis vivant et qu'en plus, ma vie n'a jamais été aussi pleine et magnifique !

— Je comprends… Je ressens la même chose… Nous sommes dans une impasse n'est-ce pas ?

— Non ! Non ! En aucun cas ! Tu ne sais pas ce que le Grand Tout nous réserve !

— Ah ben le revoilà lui, ça faisait longtemps qu'il n'était plus revenu sur le tapis, se moqua-t-elle sans vergogne.

— Tout le monde n'est pas une barbare athée, rétorqua-t-il, sans s'énerver. Mais tu vois parfaitement ce dont je veux parler.

Elle haussa une épaule.

— Oui, le futur n'est pas écrit, c'est certain, mais il est plutôt déjà chargé en ce qui nous concerne, non ?

— Il le semble, mais ce que nous éprouvons l'un pour l'autre, malgré tout ce que nous sommes, malgré l'histoire que nous traînons, ça ne peut pas être pour rien. Rien ne l'est jamais.

— Il n'y a pas de hasard, nous avons un destin, c'est ce que tu penses ?

— Oui.

Elle se lova contre lui, s'appuyant contre sa poitrine, écoutant son cœur battre au même rythme sourd que le sien. Au bout de quelques minutes, elle murmura :

— Je ne sais pas si le hasard existe, s'il est fortuit ou pas, mais lorsque avec Folder nous choisissons nos cibles, cela tombe sur celui qui est à découvert. La mort le fauche alors qu'il fume une clope ou qu'il s'est éloigné de son unité pour pisser... Suis-je la main du destin dans ce cas ? Que dit ton Grand Tout à propos de ça ?

— Il dit que tu aurais dû tomber amoureuse d'un moine soldat, qui lui aurait su te répondre ! Je ne suis qu'un modeste major et je n'ai pas toutes les réponses ! Je ne connais pas par cœur toutes les Écritures, figure-toi.

— Un moine !? Mais quelle horreur ! rigola-t-elle avant de poser ses lèvres sur les siennes et qu'ils oublient leurs interrogations.

L'hiver avançait, tandis que dans la cabane perdue dans la vallée, une routine faite de rires et de tendresse s'était installée. Alors qu'elle faisait du pain sans levain, simple galette qu'elle cuisait sur le feu, il admirait ses gestes précis, pendant que l'odeur du pain chaud envahissait l'espace.

— Ma mère fait toujours le pain elle-même. Celui-ci ne sera pas à la hauteur de ce qu'elle fait, mais on dira qu'on est déjà chanceux que nos bûcherons-bergers ou je sais pas quoi, aient laissé un sac de vingt kilos de farine !

— C'est la première fois que je vois quelqu'un faire ça ! Tu es tellement incroyable !

— Tout le monde fait son pain, voyons !

Il haussa une épaule :

— Non du tout ! À Alenkabor il y a des boulangeries pour ça...

Solveig haussa une épaule, tout en marmonnant :

— Et quelqu'un qui se tue à la tâche pour une poignée de monnaie…

Il la dévisagea avant d'éclater de rire, la prendre dans ses bras et l'embrasser dans la tiédeur de son cou, tandis qu'elle protestait, en criant après son pain, mais il n'en avait cure ! Elle le repoussa, sortit le pain brûlant de l'âtre, déposa la demi-douzaine de galettes dans un torchon, avant de se tourner vers Lev.

— Le pain c'est sérieux ! Monsieur ChezNousYaDesBoulangeries !

Il l'attira contre lui, chuchotant dans un demi-sourire :

— Je connais d'autres activités toutes aussi sérieuses… Je te montre…

Finalement, une bonne heure plus tard, alanguis dans les bras l'un de l'autre, ils goûtaient au pain refroidi. Curieuse, comme toujours, Solveig lui demanda, peut-être parce qu'elle trouvait son choix si difficile à imaginer !

— Pourquoi es-tu devenu soldat ? Enfin officier… C'était ton rêve quand tu étais enfant ?

Un bras passé autour de sa taille menue, il respirait son odeur douce en même temps que celle du pain chaud.

— Je crois que tu ne comprends pas un truc, personne ne s'intéresse aux rêves des enfants…

Elle se tourna vers lui afin de le regarder droit dans les yeux, choquée. Il lui renvoya un sourire tendre, avant de poursuivre :

— La scolarité débute à sept ans, les garçons sont envoyés dans les écoles du Tout, dirigées par des moines soldats. Nous avons besoin d'une armée puissante, aussi c'est martial et rude. À dix-sept ans c'est le moment du choix : opter pour l'armée ou pourquoi pas, devenir moine, servir le Grand Tout et s'engager dans les unités d'élites fanatiques. Comme j'en avais la capacité physique et mentale, j'ai choisi l'armée et l'école des officiers.

Un éclat horrifié traversant ses yeux clairs, elle balbutia :

— Mais… Mais en avais-tu envie ?

— Quelque part oui… Je ferai tout ce qui est en mon pouvoir afin que ma famille retrouve ses terres spoliées, c'est donc un meilleur moyen que de rester les bras croisés !

— En nous attaquant… Enfin bref c'est un autre débat ! Mais, et les filles ? Tu as spécifié « les garçons », ça veut dire que les filles font quoi ? Sont où ?

— Oh oui évidemment les filles suivent un autre cursus ! Elles partent dans des écoles afin d'y apprendre leur place d'épouse et de mère.

Solveig retint un sursaut incrédule :

— Parce que faut apprendre ça ?! Pas plutôt la littérature, les maths, l'histoire, la biologie ou d'autres sujets ? Si elles veulent devenir conductrices de bulldozer, chercheur ou peintre, elles feront comment ?

— Les femmes ne conduisent pas de bull ni de voiture, elles ne s'intéressent pas aux maths ni à d'autres sujets que satisfaire leur époux et élever ses enfants. C'est ce qui la comble en tant que femme.

— Tu me fais marcher hein ? Parce que personne ne peut se contenter d'une telle vie !

— Je t'assure que si ! Ça te semble étrange, mais les femmes chez nous sont si différentes de toi. Tu es un esprit libre, sauvage, tu es forte, courageuse, tenace, je n'ai jamais rencontré quelqu'un comme toi ! Là où tu te sentirais étouffer, ma mère par exemple, s'y épanouit. Tu ne peux pas te comparer aux autres… Ton histoire est différente, la leur aussi et ce qui te convient n'est pas universel…

— Oui je suis d'accord, mais qu'au moins on leur laisse le choix ! Qu'au moins on leur montre que les horizons du monde ne se réduisent pas à une maison et aux pleurs de bébés !

Il n'argumenta pas, préférant l'embrasser avant de lui demander :

— Et toi, raconte-moi plutôt comment était ta scolarité.

— Oh comme tout l'monde ! À cinq ans j'ai voulu aller à l'école puisque mes frères y allaient, et le monde s'est ouvert devant moi : tant à découvrir, apprendre, c'était merveilleux ! Dans nos écoles nous ne sommes pas agglomérés en petits troupeaux d'âges égaux, comme j'ai cru comprendre que c'était le cas ailleurs. Peut-être aussi chez toi ? Bref à l'école chaque enfant avance suivant son rythme et ses envies, porté par sa curiosité et ses prédispositions. Les cours sont donc suivis par des enfants d'âges disparates et surtout intéressés par le sujet ! Sinon à quoi ça sert d'être là à perdre son temps !

Il la contemplait avec une stupéfaction qui se heurtait à une certaine incompréhension :

— Mais si les enfants sont libres de choisir ce qu'ils veulent, ils ne vont faire que jouer alors ! Et comment sauront-ils lire, écrire ?

Elle éclata de rire, effleura son visage d'une main tendre, tout en disant :

— Ne t'en fais pas ! Nous savons tous lire et écrire ! Les enfants sont curieux, ils ont envie de savoir, ils sont avides d'apprendre. Et puis surtout, nous apprenons toute notre vie, il n'y a pas de délai pour s'instruire et progresser !

Pensif, il lui renvoya un regard où son admiration pour elle, ce qu'elle était comme fougue et passion, transparaissait tout entière. Sans s'arrêter, elle poursuivit, la voix vibrante de nostalgie.

— J'aimerais tant que tu puisses venir chez moi ! C'est si beau ! En cette saison, il suffit que je m'accoude à la fenêtre de ma chambre pour que je puisse voir les aurores boréales illuminer la baie, et danser dans le ciel. En as-tu déjà vues ?

Il haussa une épaule, tout en laissant tomber un « non » alors que, se lovant contre lui, elle poursuivait :

— Je ne pourrais pas te décrire le sentiment que cela procure ! Cet embrasement qui teinte le ciel d'émeraude et se reflète sur l'océan gelé. Un jour j'aimerais te les montrer. On se sent si petit, si insignifiant alors qu'en même temps un souffle te transcende... En cette saison la baie est prise dans les glaces, on peut patiner, pêcher dans des trous, et seuls les énormes brise-glace peuvent sortir, laissant derrière eux la trace de leur passage tels des escargots marins. Les autres navires sont mis hors d'eau, et attendent les beaux jours, vachés sur le flanc comme de paisibles éléphants de mer. Les paysages se couvrent d'une neige soyeuse, tandis que le ciel gris miroite de tonalités changeantes. Je suis sûr que tu aimerais !

— Ça ne fait aucun doute, pour peu que j'aie un solide manteau et ta main dans la mienne... Peu importe où je me trouve, si tu es avec moi, tout ne peut qu'être exceptionnel ! Ta seule présence teinte mon monde d'une aura surnaturel…

Saisie, elle se redressa, cherchant à savoir s'il se moquait d'elle, ou pas. Elle croisa son regard empreint d'une émotion qui ne faisait aucun doute sur la sincérité de ses propos et de ses pensées.

— Tu sais, ajouta-t-il un ton plus bas, je n'ai jamais rencontré de femme comme toi, aussi vivante et aussi belle…

— Aussi belle ? Tu veux rire ? Je ne suis ni lavée ni coiffée depuis des lustres ! Ou alors elles doivent être sacrément moches vos nanas ! En même temps, ça expliquerait pourquoi vous tenez tant à nous envahir ! s'exclama-t-elle dans un gloussement.

Déconcerté, il la considéra une seconde avant d'éclater de rire et songer pour la cent millième fois, combien il était chanceux.

Les jours s'écoulaient alors qu'une nouvelle année étalait promesses et espoirs. Le froid était piquant, la neige profonde, cependant que le soleil hivernal étendait ses rayons sur les montagnes, effleurant aussi les vallées reculées.

Parmi les réserves de nourriture, laissées par les occupants légitimes du minuscule chalet en fuste, Lev avait trouvé une ancienne carabine de chasse, à deux coups, accompagnée de quelques boîtes de cartouches. C'était une aubaine ! Bien plus pratique, et efficace que le lourd fusil dont les balles n'étaient pas destinées à surprendre des lapins…

De plus, cela lui permettait en son absence de laisser le fusil à Solveig, rassuré de savoir qu'elle pourrait se défendre au cas où… Que pourrait-il lui arriver, quels dangers pouvaient la guetter, il n'en savait rien, mais préférait la prévoyance ! Alors, la vieille carabine à l'épaule il partait l'esprit serein, traquer un gibier abondant dans ces bois paisibles.

Sereine, Solveig ne l'était jamais ! Elle redoutait ses absences, alors elle guettait son retour, tournant en rond pendant que les heures s'égrenaient. Elle savait tout des ours insomniaques et grincheux, des pièges de trappeurs et des crevasses invisibles… Mais leur survie dépendait de ces sorties, elle le savait aussi. Alors, elle ne pouvait que boitiller dans la cabane, la ranger pour la millième fois et se livrer à des tâches stupides dans le seul but de faire défiler le temps et ne pas penser à ce qui pourrait lui arriver.

Ce matin-là, il était parti depuis trois bonnes heures, tandis qu'elle pétrissait avec une nervosité certaine, une pâte dans le but de faire du pain. Les nerfs tendus, elle était à l'affût de chaque son, lorsqu'elle perçut des voix. Elle sursauta, croyant avoir mal entendu. Essuyant ses mains dans un torchon, elle lança un coup d'œil vers la minuscule fenêtre. Son cœur se décrocha lorsqu'elle vit Lev, les mains sur la nuque, tenu en joue par ce qui lui parut être un trappeur. Des peaux de visons pendaient à sa ceinture. Peut-être était-ce lui qui avait tendu le piège qui lui avait presque broyé la cheville…

L'homme gueulait elle ne savait quoi en Biscantin, qui semblait tout sauf amical ! Glissant sur le plancher, s'évertuant à faire le moins de bruit possible, elle saisit le fusil, vérifia qu'il était chargé puis avec une froideur qui n'avait d'égale que sa peur, elle profita que l'homme jetait Lev à genoux, pour entrebâiller la porte. Elle ne fit passer que l'extrémité du canon. Ce fut si furtif, qu'elle savait qu'il ne l'avait pas vu. Puis, maîtrisant sa respiration, appréciant le vent et calmant son cœur affolé, elle visa et tira dans un souffle, comme elle l'avait fait des centaines de fois et plus encore. La balle fila dans un claquement sec, traversant l'air glacé avant de percer de part en part la tête du chasseur qui ne sut jamais ce qui lui arriva. Le sang gicla sur la neige, taches écarlates insignifiantes et pourtant... D'un bond, Lev se releva, alors que Solveig, restait en alerte, le doigt sur la détente, se tenant prête à faire feu à nouveau !

— Il était seul, c'est bon !

À peine rassurée, elle repoussa cependant la porte. En deux bonds, il se précipita vers elle. Posant la main sur le canon de l'arme, il l'abaissa, avant de prendre Solveig dans ses bras. Elle ne tremblait pas, aussi froide et résolue qu'une amazone. Agrippant ses épaules, elle murmura :

— Est-ce que tu vas bien ? Est-ce que tu vas bien...

— Oui ! Je n'ai rien ! Ne t'en fais pas !

— Alors ça va ! En voilà un qui a bien mérité cette balle ! Piéger des animaux, prendre leur peau, mais quel connard ! Bon sans compter te menacer, évidemment...

Elle se nicha dans ses bras, encore bouillonnante de rage.

— Pour une fois, je ne regrette pas de savoir me servir d'un flingue, tiens !

Il l'embrassa, acquiesçant dans un sourire :

— Je t'avoue que moi non plus !

CHAPITRE 21

Mais un jour le printemps reviendra...

La visite du braconnier sonna la fin de cette parenthèse, de ce moment où ils avaient eu l'illusion que le monde n'existait plus et qu'ils ne vivaient que dans le regard de l'autre. Ce monde les avait rattrapés...

Ils patientèrent encore quelques jours afin de permettre à la cheville de Solveig de cicatriser un peu mieux puis, ne pouvant risquer de se faire surprendre une fois encore, ils décidèrent de quitter leur abri. Ce fut le cœur étreint d'un sentiment de perte et de tristesse absolu, qu'ils refermèrent la porte de la cabane, sachant que plus rien à présent ne serait comme avant.

Durant ces longues semaines de quiétude, Solveig avait rafistolé deux paires de raquettes que Lev avait trouvées, accrochées dans un coin. Ils partirent dans une aube qui nimbait de rose les cimes environnantes, le sac chargé d'autant de provisions qu'ils avaient pu en mettre. Lev portait en bandoulière la carabine du trappeur tandis que Solveig avait le fusil, chargé et prêt à faire feu. Ils avaient laissé la cabane dans le meilleur état qu'ils avaient pu, désolés non seulement de la quitter, mais aussi d'avoir consommé toutes les réserves ! Ils déposèrent néanmoins le fusil de chasse, que Lev avait nettoyé avec minutie, ainsi que les peaux du trappeur mort, en une sorte de dédouanement. Le corps, quant à lui, avait terminé dans la rivière, lesté de quelques pierres. Il mettrait un long moment avant de ressortir, et lorsqu'il le ferait, il y avait fort à parier qu'il serait méconnaissable… Avant de le jeter à l'eau, Lev l'avait fouillé, subtilisant le peu de monnaie qu'il avait : cela pouvait toujours servir !

Solveig boitait, mais serrant les dents elle avançait, sachant qu'ils n'avaient pas le choix. Les raquettes leur permettaient de progresser à une allure régulière et de couvrir d'amples distances, même si, l'un et l'autre auraient préféré voir le temps s'étirer et ce périple durer jusqu'à la fin de leurs jours. C'était impossible, ils le savaient ! La brusque irruption du trappeur dans leur vie, le leur avait clairement dit, au cas où ils auraient pu l'ignorer. Le printemps arrivait, et dans peu de temps, ces montagnes seraient parcourues par des bergers venant faire paître leurs bêtes sur les alpages, tandis que des bûcherons arpenteraient les forêts pour se servir en bois.

Ils étaient en danger et ils le savaient.

Ce soir-là, ils trouvèrent refuge dans une autre cabane, preuve s'il en était qu'ils se rapprochaient d'une certaine civilisation. Dans ce minuscule chalet, Lev repéra quelques vêtements accrochés à un clou. Il les apporta à Solveig qui préparait leur repas, les posant sur un tabouret.

— Il va falloir que tu te débarrasses de ton uniforme, ça devient trop dangereux de te balader comme ça…

Elle releva la tête, le dévisageant, la gorge nouée :

— Tu ne vas pas me ramener à Alenkabor ?

— Tu sais parfaitement que non !

Ils se fixèrent, pris tous deux dans un maelstrom d'émotions, conscients néanmoins qu'ils devaient affronter ce sujet qu'ils avaient éludé depuis trop longtemps, afin de ne vivre que dans la bulle de leurs sentiments. S'accroupissant face à elle, il prit son visage pâle entre ses mains, murmurant d'une voix rauque :

— Je t'aime Solveig, je t'aime plus que tout, mais…

— Mais… répéta-telle dans un souffle, glissant ses doigts dans les siens.

— Mais ce qui s'est passé dans la montagne doit y rester, quoi que cela nous coûte… Moi cela va me coûter mon âme…

Elle réprima un gémissement, sachant qu'il avait raison. Il n'y avait pas d'avenir pour eux.

— Tu as déjà réfléchi à un plan ?

— Pas vraiment ! On devrait pouvoir trouver une route en descendant encore un peu, et là, un transport.

— Un transport ? Qui nous mènera où…

— Dans nos lignes respectives…

Elle frémit, tandis que ses yeux se noyaient de larmes qu'elle tentait pourtant de contenir de toutes ses forces. Elle hocha la tête, sans pouvoir répondre. Lev l'attira contre lui, prit dans les mêmes affres, le même déchirement.

— Nous n'avons pas le choix… Si tu viens avec moi, tu seras arrêtée !

Elle se raccrocha à lui, retenant des sanglots, parvenant à balbutier un faible :

— Je sais…

Quelques jours plus tard, ils se tenaient, un peu hébétés, le long d'une route bordée de congères qui fondaient déjà avec l'arrivée des beaux jours. Elle sonnait le glas de leur relation, de leurs espoirs aussi… Ils n'étaient pas prêts à se séparer, sans doute ne le seraient-ils jamais, mais ils avaient imaginé avoir plus de temps devant eux, aussi la brutalité de ce ruban d'asphalte les prit-il de court.

Ils le considérèrent sans mot dire, tandis qu'un vent venu des sommets, semblait vouloir emmener tous leurs rêves. Le bruit d'un moteur, incongru, les fit sursauter. Ils se dissimulèrent derrière un bosquet, pendant qu'un bus, lourd et tressautant, passait devant eux avec toute la nonchalance d'un cachalot. Le cœur défait, ils le suivirent du regard.

Le lendemain, à la même heure, Solveig était là, debout dans un froid piquant, la longue jupe qu'elle avait confectionnée dans une couverture brune, s'enroulant autour de ses jambes, repoussée par un air vif, désagréable. Elle regretta sa chapka, sa veste matelassée et, plus que tout, la tendresse de Lev. Elle s'efforça au calme alors que son cœur n'était qu'un brasier.

Lev s'approcha d'elle, la serrant contre lui. Elle se blottit dans ses bras, l'esprit en déroute, déjà ailleurs, déjà loin et seule sans lui…

— Nous ne nous reverrons pas, n'est-ce pas ? balbutia-t-elle, refoulant ses sanglots.

— Je ne sais pas…

— Tu vas m'oublier ?

— Jamais ! Tant qu'il y aura des hivers je serai incapable de t'oublier. L'odeur de la neige, celle des sapins gelés seront toujours liées à toi. Chaque flocon me parlera de la tendresse de ton sourire alors que l'odeur d'un feu de résineux me contera la douceur de ta peau dans ces matins gelés… Je t'aime Solveig…

Le visage niché dans la rudesse en gros draps de son manteau d'officier, elle réprima ses larmes. Sans doute aurait-elle toute la vie pour pleurer !

— Et toi ? M'oublieras-tu ?

— Jamais, tu le sais bien !

Elle effleura la cicatrice qui barrait son visage, avant d'ajouter :

— Même en t'ayant abattu je n'ai pas pu t'oublier, alors comment veux-tu que je le fasse maintenant…

Puis vint l'inéluctable : l'ultime baiser, l'ultime seconde où leurs doigts se touchaient, l'ultime instant où leurs regards se cherchaient, pendant que le bus freinait à leur hauteur, dans un soupir de cétacé. Solveig monta, tendit quelques pièces au chauffeur sans comprendre ce qu'il disait, alors que Lev, resté debout dans la neige, la regardait partir. Le bus était presque vide, aussi put-elle se précipiter à l'arrière et, appuyant son front contre la vitre, voir la silhouette tout en gris de l'officier disparaître peu à peu.

Leurs regards noués s'étirèrent jusqu'à ce qu'un virage rompe ce dernier contact et les arrache l'un à l'autre.

CHAPITRE 22

Il n'y aura plus d'adversaire

Une fois seule, Solveig dut faire appel à toute sa force mentale afin de se concentrer et ne pas foncer tête baissée entre les mains des Vik' qui patrouillaient dans chaque bourgade de ce pays. Ses longues mèches blondes ramenées en chignon et dissimulées sous un bonnet en laine, elle espérait passer pour une paysanne. En tout état de cause, personne ne ferait le rapprochement entre cette jeune fille portant une veste trop grande pour elle, et la redoutable « ange de la mort ». Pour ceux qui la croisaient, elle n'était qu'une montagnarde, rien de plus.

Finalement, refoulant la souffrance qui habitait son cœur et lestait chacun de ses gestes, elle parvint en quelques jours à rejoindre la frontière avec le Snofjell. Puis, une nuit, profitant d'une pluie diluvienne apportée par le changement de saison, elle se glissa dans les lignes des Vik', les traversa comme en promenade avant de crapahuter, terrifiée, sur le no man's land séparant les deux armées. À tout moment elle pouvait sauter sur une mine ou se faire abattre par un sniper. S'accrochant à sa bonne étoile, elle serra les dents, repoussant l'envie de se réfugier dans un trou d'obus et s'y laisser mourir. Elle pouvait presque entendre la voix de Lev la fustiger d'un « eh alors caporale » qui la fit sourire tout en la secouant de sanglots que la pluie emportait avec elle.

Finalement elle tomba nez à nez avec une patrouille du Nord. Les soldats restèrent une seconde, stupéfaits : que faisait une jeune paysanne par ici ? Solveig se mit aussitôt à genoux, sans se préoccuper de la boue, et levant les mains, s'exclama de la voix la plus affirmée qu'elle pouvait.

— Caporale Solveig Osbern, 3e bataillon d'assaut.

Encore plus effarés, les soldats la fouillèrent avant de la présenter à leur officier. Finalement elle se vit emmenée dans une forteresse du Mur, pour un interrogatoire en règle. Était-elle une espionne ? Était-elle vraiment « l'ange de la mort » capturée par les Vik', des mois auparavant ?

Glacée, épuisée, elle se retrouva, après un long trajet, ballottée dans un camion, dans une petite pièce grise, qui sentait l'humidité. Elle soupira, songeant sans pouvoir s'en empêcher au feu de cheminée qui réchauffait leur nuit, tandis que la neige se déposait sur les montagnes. Un officier entra en coup de vent, posant un dossier sur le bureau qui occupait le centre de la pièce. Il lui fit signe de s'asseoir sur une chaise, pendant qu'il s'installait lui-même sur une autre. Malgré sa tenue, raide de boue, elle se planta dans un garde à vous parfait, déclina son identité avant de prendre place sur le siège, avec toute l'assurance dont elle disposait.

— Caporale Osbern, c'est ça ?

— Oui, capitaine !

— Que faisais-tu dans les lignes, et dans cet accoutrement…

Alors elle raconta tout : sa capture, l'avion, le crash, la neige, le froid, même l'ours et le piège. Elle décrivit ses peurs, ses doutes, expliqua comment elle avait survécu, raconta avoir brûlé son uniforme afin qu'en cas d'arrestation, rien ne puisse faire croire qu'elle était un soldat du Nord. Elle ne passa rien sous silence, rien hormis la présence de Lev. Tel un fantôme, il n'habitait plus que ses souvenirs.

L'officier des renseignements la considéra d'un air ennuyé. Tout ce récit ressemblait à une fable, pourtant il ne lisait que sincérité dans son regard clair et chacune de ses paroles et de ses explications formait une histoire folle, mais logique.

— L'avion s'est écrasé dans les hauts des Tassons, c'est cela ?

— Oui capitaine ! Il a brusquement explosé. Je ne sais pas ce qui s'est exactement passé, je dormais. C'est le choc du crash qui m'a réveillé. Tout l'avant de l'appareil s'était arraché, et les Vik' qui étaient avec moi dans la cabine étaient morts. J'ai eu de la chance.

— Une chance inouïe, même…

— J'avais ma ceinture de sécurité, peut-être est-ce ça qui m'a sauvé la vie ?

L'officier la considéra sans rien dire, tapotant du bout des doigts sur le bureau métallique. Puis sans rien ajouter, il se leva, quitta la salle, la laissant seule avec ses appréhensions.

Un long moment plus tard, alors qu'elle somnolait à demi sur sa chaise, le bruit de la porte la fit sursauter. Elle sauta de son mieux au garde à vous, empêtrée dans sa couverture-jupe, qui mouillée et froide, lui collait aux jambes. Une voix, qu'elle connaissait on ne peut mieux, la pétrifia :

— Repos, caporale !

Elle en aurait pleuré de joie ! Devant elle, le commandant Gustave Ingolf la considérait avec sa sévérité habituelle.

— À tes ordres, commandant, balbutia-t-elle, tandis que se tournant vers le capitaine des renseignements, il hochait imperceptiblement la tête.

— Alors caporale Osbern, tu en as eu des aventures semble-t-il ! En tout cas heureux de te revoir parmi nous. Allez, suis-moi, on va te trouver des vêtements plus adaptés. Et puis tu dois mourir de faim !

En quelques secondes, à peine, elle réintégra son grade et son évasion miraculeuse fit bientôt le tour de l'armée. Dans l'immédiat, tout ce qu'elle souhaitait, c'était dormir ! Quelques heures plus tard, lorsqu'elle se réveilla, bien plus fraîche et dispose, elle fut conduite à son commandant qui occupait un bureau dans la forteresse. Leur bataillon avait-il été affecté-là ? Que de questions se bousculaient dans son esprit, avec en tête son inquiétude pour Lev et pour Folder. Pour le premier, sans doute ne saurait-elle jamais s'il avait pu regagner son commandement. Elle ne pourrait que l'espérer, sans en avoir la certitude. Pour Folder c'était plus simple ! Elle espéra juste qu'ils pourraient toujours faire équipe. Après tous ces mois, il avait dû être affecté avec un autre tireur, une fois sa blessure guérie.

Elle se planta au garde à vous devant son officier. Il la considéra avec un sourire satisfait :

— Ah, te voilà bien mieux comme ça ! Tu vas être évacuée vers un hôpital afin d'examiner ta cheville. Boiteuse, tu n'es pas d'un grand recours ici, tout « ange de la mort » que tu sois !

— Oui commandant, je comprends… Mais avant ça, je pourrais voir Folder, c'est un peu prématuré, mais je souhaiterais être à nouveau en binôme avec lui.

L'officier retint un soupir tout en la considérant d'un air presque dur :

— Ça ne va pas être possible, caporale…

— Mais commandant !

— Pas que je ne le souhaite pas, mais Folder a été abattu il y a de ça trois mois…

Folder, abattu ? L'information fit difficilement son chemin dans son esprit. C'était impossible ! Il était invulnérable avec sa grande carcasse et son sourire jovial… Elle avait envisagé beaucoup d'options, mais jamais elle n'aurait pensé que Folder soit mort !

— Ce n'est pas possible…, balbutia-t-elle, submergée par une peine et une incompréhension qui la laissaient chancelante.

— Il était avec un jeune tireur… Une balle et voilà… Je comprends que ce soit un choc, ça l'a été pour nous tous, mais c'est la guerre…

Oui c'était la guerre, et cette expression semblait résumer et clore toutes les inepties qui survenaient. Il suffisait de prononcer « c'est la guerre » et tout semblait être dit.

Elle fut envoyée à l'arrière, dans un hôpital, où elle subit des dizaines de tests, aussi bien physiques que psychologiques. Sa cheville fut examinée sous toutes les coutures, sans doute qu'en temps de paix une opération aurait été envisagée, cependant les médecins étaient surchargés et devaient aller à l'essentiel. Il lui fut donc prescrit une rééducation avec suivi psychologique dans l'un des établissements thermaux du centre du pays, réquisitionné pour les soins des soldats.

L'annonce de la mort de Folder avait été le coup de trop. Depuis, elle avait l'impression de se déplacer au travers de limbes cotonneux. Tout lui parvenait de manière distanciée, éteinte, et seul le souvenir de Lev lui permettait encore de tenir debout et de respirer. Parfois, pourtant, à force de répéter inlassablement son histoire de survie solitaire, elle en venait presque à le croire, doutant que Lev ait vraiment existé… N'était-ce pas un délire de son cerveau ? Puis, elle se souvenait de son regard tendre, de ses doigts effleurant son corps nu et elle reprenait vie, pour un instant. Jusqu'à ce qu'elle réalise qu'ils ne se reverraient pas… Que tout cet amour qui débordait de son cœur était vain. Aussi le désespoir était-il devenu le compagnon attitré de ses jours et de ses nuits.

Elle ne le montrait pas, cachant ses sentiments, tous ses sentiments, sous une chape glacée. C'était tout ce dont elle se sentait capable ! Les médecins ne furent cependant pas dupes ! Survivre dans de telles conditions était à lui seul un exploit capable d'ébranler même les plus aguerris.

La tête appuyée contre la vitre du wagon qui l'emportait vers le centre du pays, elle apercevait sans les voir les paysages encore blancs d'une neige qui allait en fondant. Elle songeait à Folder, à son sourire lorsqu'il était monté en plaisantant dans l'ambulance, et qu'elle n'avait pas réalisé que c'était la dernière fois qu'elle le voyait… Durant plus de deux ans il avait été son binôme, et plus encore son ami. Comment vivre sans lui ? Comment le monde pouvait-il encore tourner sans son sourire ? Une larme qu'elle retenait depuis des jours, glissa sur sa joue pâle, tandis qu'elle se demandait ce qu'elle faisait le jour où il était mort. Sans doute marchait-elle dans la neige, les pieds glacés, repoussant de toutes ses forces les sentiments qui la submergeaient à chaque fois que son regard croisait celui du major… Pendant que son cœur battait chaque seconde plus fort, celui de Folder s'était arrêté. C'était si injuste !

Si seulement elle avait été là, il ne serait pas mort. Elle en était certaine.

Entre souffrance, désespoir et culpabilisation, elle ne voyait plus de raison de continuer. Tout ce qu'elle souhaitait, c'était se mettre en boule dans un coin et ne plus rien ressentir.

Les médecins, qui avec la guerre avaient tous accouru afin de prêter main-forte à leur pays, avaient noté son état dépressif, on le serait à moins, c'est pourquoi ils l'envoyèrent dans un établissement où tout serait fait afin de la remettre sur pied ! En attendant, le psychologue qui l'avait suivie dès son retour, lui avait conseillé de rendre visite à la famille de son binôme. Elle avait besoin de parler avec des personnes dont il avait été proche et, par chance, sa ville natale était sur le chemin des thermes. Elle n'avait aucune excuse pour refuser. Ne pas affronter le regard de sa grand-mère, ne serait que lâcheté. Elle était beaucoup de choses, mais lâche, elle ne l'était pas ! C'est pourquoi elle se trouvait dans ce train, le froid de la vitre anesthésiant presque son front, terrifiée de devoir avouer que Folder était mort par sa faute.

Civils ou militaires, les gens la reconnaissaient. Ils lui lançaient un sourire, un simple bonjour pétillant, certains lui apportant un soda ou un sandwich. Cette solidarité la touchait, même si elle ne pouvait s'empêcher d'éprouver un sentiment d'imposture. Elle avait cessé d'être cet ange de la mort, froide et inflexible au moment précis où elle avait croisé le regard de Lev dans cette tente... Depuis elle bluffait. Les sentiments qu'elle éprouvait pour lui, faisaient-ils d'elle une renégate ? Elle l'ignorait. Ils en avaient discuté, blottis dans les bras l'un de l'autre, dans la douceur de la cabane. C'était aussi un sujet qui le perturbait, comment pouvait-il en être autrement ?

Mais comment contrôler ses sentiments ? Que pouvaient-ils faire avec leur cœur débordant ?

De Lev, elle ne voulait voir que son humanité, la couleur de son uniforme ne l'intéressait pas ! Cette guerre n'était qu'une débilité, ne visant qu'à profiter à une poignée, pendant que les autres étaient sommés de se détester sans plus de raison. Alors non, elle n'était pas un traître !

Prise dans ses pensées, elle ne réalisa qu'elle était arrivée à destination, que lorsque le train stoppa dans un remue-ménage de grincements et de soubresauts. Elle attrapa son sac, dans lequel elle avait glissé quelques vêtements de rechange et, son léger fardeau sur le dos, elle descendit du wagon. Elle prit pied dans une modeste gare, comme il en existait des centaines, avec ses verrières aux volutes Art déco et sa buvette d'où montaient des odeurs appétissantes. Son estomac protesta, mais elle ignora les galettes de pommes de terre rissolées et, boitant bas, elle traversa le grand hall. Elle descendit les marches du perron, donnant sur un parvis soigneusement débarrassé de la neige hivernale.

Relevant la tête, elle prit une large inspiration afin de se donner le courage nécessaire. Soudain, poussés par un vent printanier, les nuages s'écartèrent, laissant filtrer un pan d'un bleu unique. Tétanisée, elle resta là, le cœur transpercé à contempler le ciel, se demandant quand elle ne verrait plus Lev dans chaque insignifiance du monde.

Une voix la tira de son hébétude, la faisant sursauter.

— Eh soldat, je t'emmène quelque part ?

Elle se retourna afin de faire face à la figure mangée de barbe d'un solide quinquagénaire. À ses côtés se tenait un lourd cheval, aux fanons aussi longs que la barbe de son maître !

— Euh, oui peut-être, je dois me rendre là. Est-ce loin ? fit-elle tout en lui tendant l'adresse de la grand-mère de Folder.

— Pas très loin, mais avec ta jambe, mieux vaut que Rebel et moi nous t'emmenions. Allez, grimpe !

Elle se retrouva aussitôt au chaud sous une lourde pelisse, assise dans un traîneau qui glissa sur la route gelée. Rebel, qui ne semblait avoir de rebelle que son nom, bâilla un grand coup avant de partir d'un trot plus aérien que sa masse laissait supposer. Les clochettes de son collier sonnaient avec gaieté, tandis qu'ils traversaient la bourgade. Quelques minutes plus tard, ils stoppaient au bas d'une antique résidence parfaitement entretenue, sans doute l'une des premières à avoir été construites après la chute de la royauté.

Descendant du traîneau, elle leva la tête vers le cocher en demandant :

— Combien je te dois ?

— Oh rien, tu donnes déjà assez à te battre pour nous alors non, c'est plutôt moi qui te dois !

Il lui tendit une main, énorme, dans laquelle la sienne disparut cependant qu'elle la lui serrait avec émotion.

Puis le cœur battant, elle poussa la double porte de la résidence, songeant à Folder et aux nombres de fois où il avait dû faire le même geste. Elle pénétra dans la cour commune, admirant la haute verrière qui la recouvrait. Ses pas résonnant sur un parquet ancien, elle se dirigea vers un groupe de personnes réunies autour du feu ouvert qui, comme dans toutes les résidences du pays, brûlait tout l'hiver.

Un groupe d'une demi-douzaine de femmes d'un certain âge se tenait là, devisant et tricotant avec entrain. Solveig se planta devant elles, empruntée et gênée.

— Bonjour mesdames, je cherche la grand-mère du sergent Asgeïr, vous pourriez me dire où je peux la trouver ?

Elles la considérèrent une fraction de seconde avant d'éclater d'un même rire joyeux.

— Détends-toi soldat ! Mémé Hedda est là !

— Alors que me veux-tu, petite ? s'exclama une vieille femme au regard vif et au visage si ridé qu'elle pouvait avoir entre soixante et cent cinquante ans.

Une grand-mère classique du nord, en quelque sorte ! Comme cela faisait longtemps qu'on ne l'avait pas traité de « petite », un sourire vacilla sur le visage de Solveig. Elle répondit d'un ton empreint d'émotions :

— Je suis la caporale Osbern, j'étais la binôme de Folder et je voudrais juste te parler…

Un voile de chagrin passa dans les yeux de la vieille femme, pourtant elle répliqua d'une voix affirmée :

— Je sais qui tu es ! Tu penses ! Allez assieds-toi. Mathilda tu veux bien lui servir du thé, elle a l'air épuisé la pauvre gamine !

D'autorité on l'installa dans un fauteuil aux coussins en crochet, alors qu'une tasse de thé au miel se matérialisait devant elle. Elle ne releva pas plus le « gamine » que le « petite », c'était peine perdue face à des grands-mères ! Chacune s'agita, rajoutant une bûche, partant chercher un reste de gâteau ou de salade.

— Allez bois, réchauffe-toi ! Tu es si maigrichonne et si pâle, qu'on dirait que tu vas t'évanouir. Que veux-tu me dire ?

Accoutumée aux manières abruptes d'une grand-mère, n'en avait-elle pas dans sa propre famille, elle se surprit à en être soulagée. Le monde, pour une fois, cessait de tourner à l'envers !

— Je voulais juste t'apporter mes condoléances... J'ai été arrêté par les Vik', j'ignorais que Folder, elle hésita sur le mot, toujours si compliqué à prononcer, puis elle réussit à dire dans un souffle. Que Folder avait été abattu.

Posant une main tavelée sur son bras, la vieille femme lui tapota avec douceur.

— Je sais que tu as été capturée, Folder me l'avait dit. Il était fou furieux et je crois qu'il se reprochait aussi ce qui t'était arrivé. Dans ses lettres, il me disait sans arrêt que s'il avait été là, au lieu de faire le con à l'hosto', les Vik' ne t'auraient pas eue.

Effarée, Solveig dévisagea mémé Hedda.

— Mais... mais ce n'était pas sa faute ! En aucun cas !

— Nous le savons tous, c'est seulement la faute de la guerre…

Les deux femmes, séparées par plusieurs générations et cependant unies par le même chagrin, se regardèrent durant un long moment, les yeux pleins de larmes. Les mots étaient inutiles.

Quelques heures plus tard, Solveig remontait dans un train, l'estomac lesté par toutes les douceurs dont les grands-mères l'avaient comblée, enfin gavée était un terme plus approprié ! Toutefois, si son estomac était plein, son cœur débordait lui aussi de gratitude et pour la première fois depuis qu'elle était montée dans ce bus qui l'emmenait loin de Lev, et qu'ensuite elle avait appris pour Folder, oui, pour la première fois, elle se surprit à sourire en pensant à eux, eux deux dont le souvenir la brûlait.

CHAPITRE 23

La terre sera un sanctuaire

Quelques semaines plus tard, elle était renvoyée sur le front. Sa cheville allait un peu mieux, et, même si elle boitait toujours, la douleur était par chance, moins vive.

Empruntée, mal à l'aise après tout ce temps loin de la guerre, elle posa son sac sur le lit qui lui était assigné, jetant un vague coup d'œil à celui le plus proche. Le cœur serré, elle savait que ce n'était pas Folder qui serait là, allongé de toute sa carcasse d'ours, mais qu'un autre occuperait sa place.

Désemparée, elle posa son sac, le flanqua sous son lit d'un coup de pied avant de s'étendre le sang battant à ses tempes. Elle fixa le plafond en béton brut, essayant de maîtriser ses émotions comme le lui avait suggéré le psychologue qui l'avait suivie lors de son séjour aux thermes. Visualiser un moment heureux… C'était plus facile à dire qu'à faire, car chacun de ses souvenirs la faisait fondre en larmes. Enfin elle ne pleurait qu'à l'intérieur, puisqu'à l'extérieur elle offrait un visage lisse, pâle et froid, même si elle n'était que dévastation.

La manche remontée de son treillis dévoilait les tatouages floraux de son bras, la renvoyant à ses moments où Lev en suivait les contours, redessinant chaque fleur du bout des doigts. Elle pouvait encore sentir la chaleur de sa main sur sa peau tandis qu'il s'efforçait de prononcer les noms des plantes dans un effroyable galimatias qui la faisait glousser.

— Aussi cette langue est incompréhensible ! grommelait-il en retenant un fou rire.

— Ma langue est merveilleuse tu veux dire ! Quand dans la tienne il n'y a qu'une seule et même manière de qualifier le froid, tu dis « froid » et c'est tout, il y en a vingt-deux en Snofjellien !

Cela la fit sourire, la rassérénant une seconde, calmant ses battements cardiaques fous furieux. À cet instant, un sergent aux épaules carrées et au regard froid, se planta en hurlant à côté de son lit. Elle ne l'avait même pas entendu entrer dans le dortoir ! Elle releva la tête, pendant qu'il beuglait :

— Caporale Osbern, tu devais te présenter au rapport sitôt tes affaires posées !

Elle se mit debout, soutenant son regard.

— Je suis arrivée il y a deux minutes, sergent ! Est-ce toi mon nouveau binôme ?

— Affirmatif ! Mais ne crois pas que ton nom ou tes centaines de cibles, m'impressionnent. Je suis ton sergent, tu n'es là que pour exécuter. Est-ce clair ?

Une boule dans la gorge, elle parvint, tout en le saluant, à répondre un faible :

— Affirmatif, sergent !

Son cœur cognait à grands coups tandis qu'elle songeait à Folder, à sa compréhension et sa douceur omniprésente. Elle se demanda comment elle pourrait travailler et vivre 24 heures sur 24 avec un type pareil… Elle soupira, prit son calot et sortit à la suite du sous-officier.

Quelques heures plus tard, elle était allongée dans une herbe touffue d'un vert vif. Des insectes, curieux, venaient inspecter son corps, grimpaient sur ses bras et sentaient ses effluves. Quelle était donc cette énorme incongruité, qui avait atterri chez eux, s'interrogeaient un mille-pattes, une coccinelle et un scarabée bousier d'un noir luisant. Quelque part, c'était aussi ce que se demandait Solveig ! L'œil rivé sur sa lunette et un doigt sur la détente de son fusil de précision, elle suivait tous les faits et gestes du camp adverse. Installées sur une colline d'où ils avaient une vue culminante sur les environs, les troupes du Vikmund devaient se sentir à l'abri de toute intervention de tireur, puisqu'ils vaquaient à leurs affaires avec sérénité.

Allongé à côté d'elle, son nouvel observateur, le sergent irascible dont le nom lui échappait ce dont elle se fichait d'ailleurs, ne les quittait pas de l'œil, les scrutant avec une paire de jumelles. Il ne faisait pas un seul mouvement, elle se demandait même s'il respirait. Enfin qu'il s'étouffe cela l'indifférait à vrai dire. La coccinelle se posa sur le canon de son arme, puis partit explorer ce nouvel environnement. Solveig retint un rire en voyant sa tête apparaître, énorme, devant sa lunette de précision. Au loin, là-bas, les Vik' allaient et venaient, sans rien savoir ni de la coccinelle ni de l'arme braquée sur eux.

Finalement la bestiole dodue s'envola dans un bruit de diesel miniature, et Solveig put à nouveau se concentrer. Elle fixa son attention sur le camp ennemi, détaillant chaque soldat, chaque officier dont la vareuse grise et la casquette à liseré rouge et or lui faisaient battre le cœur d'une manière inconsidérée, d'un espoir fou, d'une peur abominable. Elle ne se rendit pas tout de suite compte que dans chaque officier, elle cherchait Lev, elle ne le comprit que plus tard, lorsque son binôme, lui glissa dans un murmure imperceptible :

— Le colonel, là, c'est notre cible…

Elle manqua tressaillir, elle l'avait complètement oublié, celui-là ! Elle avait tout oublié d'ailleurs de lui et sa mission !

« Qu'il aille s'étouffer en enfer », songea-t-elle sans que pourtant rien ne transparaisse sur son visage, peut-être était-il à peine plus pâle que d'ordinaire.

Elle aperçut la cible en question, un grand officier au visage sévère dont le dos droit tendait une vareuse grise. Son doigt effleura la gâchette tandis que sa mire était fixée sur son front. Soudain à sa place, c'est Lev qu'elle vit, avec son regard printanier et son demi-sourire narquois. Une goutte de sueur dévala le long de sa tempe, alors qu'elle tentait de chasser l'illusion. Sans qu'elle le veuille, elle se mit à trembler de manière irrépressible cependant que des larmes trop longtemps contenues dévalaient sans bruit sur son visage. Furieux, le sergent lui fila un infime coup de pied afin de la rappeler à l'ordre, avant d'enfin lui jeter un coup d'œil. Lorsqu'il la vit sangloter sur la crosse de son fusil, il retint un chapelet de jurons.

Sans un mot, il la ramena à la forteresse du Mur.

Devant une telle réaction, il savait par expérience, qu'aucun de ses ordres n'atteindrait la caporale. Elle avait besoin de soins médicaux, et vite ! Depuis le début de cette guerre, des soldats qui craquaient, atteints de troubles psychiques et de stress intense dus à un épuisement physique ou psychologique, il en avait vu plus qu'à son tour. Nul n'était à l'abri, et si ce qui se racontait à propos de la caporale Osbern était vrai, qu'elle se soit évadée puis qu'elle ait survécu seule dans les montagnes, il trouvait presque logique qu'elle s'effondre aujourd'hui. Ce qu'il ne comprenait pas, c'était que les médecins l'aient reconnue apte au service !

Durant tout le retour, elle le suivit comme une automate, sans bruit, mais toujours en larmes. Une fois enfin entre les murs de la forteresse, il la conduisit à l'infirmerie où un médecin la prit en charge. Puis, du même pas rageur, il fila vers le bureau du commandant et se carra devant lui, au garde à vous.

— Puis-je te parler, commandant ?

— Vas-y sergent, cette cible, une formalité pour Osbern…

— C'est justement à propos de la caporale, elle n'a pas pu tirer, elle a un trouble de stress post-traumatique ! Pourquoi l'avoir fait revenir, elle n'était pas prête !

L'officier passa une main sur son visage, soupira, avant de laisser tomber :

— Le rapport des psychiatres était clair : ils étaient contre son retour en première ligne, mais le parlement a soutenu le ministère de la propagande qui a exigé qu'elle revienne et qu'elle soit à nouveau déployée. La guerre use les nerfs de tous, civils et militaires, il nous faut des héros, des histoires frappantes qui fassent rêver…

Le sergent le dévisagea une seconde, avant de constater d'un ton amer :

— Eh bien notre meilleur sniper vient de craquer, excellente politique !

CHAPITRE 24

Où pousseront, tels les roses trémières,

À nouveau elle était dans un train qui, dans un lancinant ronron, l'emmenait loin du front. Ratatinée sur la banquette, elle se sentait à la fois misérable et déloyale vis-à-vis de son pays, pourtant elle était dans l'incapacité d'y remédier. Après un rapide examen, les psychologues qui l'avaient déjà suivie, ne furent pas surpris par son état. Ils convinrent que son état de stress post-traumatique nécessitait un suivi psychologique, mais surtout un retour dans un milieu protégé. Elle fut donc renvoyée chez elle afin de pouvoir se reconstruire loin de la peur et de la mort.

C'était pourquoi elle était dans ce train qui la ramenait à l'arrière, à la fois soulagée et inquiète : comment sa famille allait-elle prendre son retour ? Comment allaient-ils la juger ?

Après de longues heures, où elle somnola, pensant tout à tour à Lev et à Folder, le train parvint sur la côte et stoppa dans une petite ville en bordure de l'océan. Elle s'étira, posa son calot sur ses cheveux, attrapa son sac et descendit sur le quai, d'une démarche plus affirmée que ce qu'elle ressentait en réalité.

Soudain deux bras se refermèrent sur elle, alors qu'on lui prenait son sac. Elle n'eut pas le temps de protester qu'elle entendait sa mère s'écrier :

— Ma chérie, tu es là ! Enfin ! On s'est fait tant de souci...

Chavirée par l'affection des siens, elle se retrouva dans les bras de son père, de son grand-père, tandis que son frère soulevait son sac en grognant :

— Eh ben tu as mis du plomb dans tes chaussettes sales !

Bien que leur résidence ne soit pas très loin, ils s'entassèrent dans la voiture de son père « pour que tu n'aies pas à marcher avec ton pied... » lui expliqua celui-ci dans un sourire. Elle faillit pleurer de cette attention et, lorsqu'elle poussa la porte donnant sur la cour de leur bloc d'appartements, elle fut accueillie par une banderole où on pouvait lire :

« Bon retour chez toi, Solveig, notre ange » sous laquelle une foule compacte l'acclama.

Elle resta sidérée, des larmes coulant sur son visage, sans qu'elle cherche à les retenir. Elle fut embrassée, entourée, félicitée, perdue dans un tourbillon amical qui la laissa ébahie.

Elle n'était pas revenue depuis des mois, depuis sa dernière permission, ce qui remontait à presque une année. Après son évasion et ses séjours hospitaliers elle avait été envoyée directement sur le front, sans même qu'elle puisse passer quelques jours chez elle, entourée des siens, en dépit des recommandations des médecins. Aujourd'hui elle était revenue et, pour quelques jours, quelques semaines, elle pourrait souffler, oublier le bruit des obus, le sifflement des balles et surtout ne pas risquer d'avoir à chaque instant Lev dans sa ligne de mire...

Elle réintégra sa chambre d'enfant, retrouva la vue sur la baie, sur une partie du port, pour l'heure occupé par quelques navires de guerre. Tout était familier dans ce décor : le parquet en bois clair, les murs blancs sur lesquels s'étiraient des étagères couvertes de livres, et pourtant elle n'était plus chez elle. La Solveig qui restait là à lire ou trier son herbier était morte le jour où elle avait revêtu cet uniforme kaki. Aujourd'hui qui était-elle ? C'était sans doute ce qu'elle devait découvrir.

Avec bonheur, elle avait enfilé l'une de ses longues jupes, un pull en laine un peu bouloché, avant de retrouver sa mère dans la cuisine. Elle était penchée sur des montagnes de plans et de calculs, pendant qu'une tarte cuisait en répandant une douce odeur de fruits. Solveig sourit. Elle avait toujours vu sa mère ainsi, gérant sa maison d'une main et ses plans de camions d'une autre.

Au bruit de ses pas, sa mère releva la tête :

— Oh ma Soso, déjà levée !

— Déjà tu veux rire, il doit être au moins 9 h, papa et Amalric sont déjà partis, non ?

— Oui, on a des soucis d'approvisionnements, on doit revoir certains matériaux, c'est ce que je calcule en ce moment, et ils doivent gérer le réglage des machines. C'est compliqué… Mais et toi comment vas-tu ?

— Bah bien, j'ai dormi… Comment veux-tu que ça n'aille pas !

En réalité, elle était restée éveillée une partie de la nuit, en proie à des insomnies depuis qu'elle était revenue du Biscantin. Pourtant comment le dire à sa mère sans que celle-ci ne s'inquiète ? Cette dernière n'était pourtant pas dupe. D'un coup d'œil elle avait noté ses traits tirés, ses joues hâves ainsi que sa maigreur. Elle mettait tout cela sur le compte de ces mois atroces, passés dans la montagne, songeant qu'avec ce retour dans son foyer elle pourrait à nouveau reprendre des forces, tant physiques que morales.

— Je te sers un café, ma chérie ?

— Je m'en occupe, je ne suis pas handicapée, tu sais !

Finalement quelques minutes plus tard, elles étaient installées sur la vaste terrasse qui dominait la baie, sous un tiède soleil printanier. Elles savouraient un café brûlant, tandis que la tarte refroidissait sur la table devant elles.

— Oh tiens, Ditmar est passé il y a quelques semaines, il a demandé de tes nouvelles…

Solveig mit quelques secondes à réaliser de qui sa mère parlait. Toute cette vie, avant la guerre, avant qu'elle devienne cet instrument de mort, avant qu'elle rencontre Lev, tout paraissait perdu dans un brouillard lointain, irréel. Ditmar, son cavalier de bal. Elle revit son regard brun souriant, son assurance et se souvint de ses blagues idiotes. Elle l'avait choisi parce qu'il ne se prenait pas trop au sérieux et qu'il la faisait rire. Mais c'était il y a si longtemps…

— Ah, et comment va-t-il ?

— Il est canonnier sur un cuirassé, il semble se débrouiller. Ce serait bien s'il pouvait avoir une permission tant que tu es là, non ?

— Maman… S'il te plaît, non ! s'exclama Solveig en se levant brusquement, le cœur au bord des lèvres.

Elle s'accouda contre la rambarde en bois, essayant de retrouver son sang-froid. Sa mère la rejoignit, s'approchant d'elle.

— Je ne comprends pas, c'est un gentil gars…

— Maman, je n'ai pas besoin que tu serves d'entremetteuse ! Ma vie sexuelle va parfaitement bien, merci !

Choquée, sa mère blêmie.

— C'est à cause de ton sergent ? Folder c'est ça ?

Solveig prit une profonde inspiration, avant de murmurer :

— Tout le monde pense ça ! Folder était mon ami, mon binôme, l'une des deux seules personnes à qui je pouvais confier ma vie en fermant les yeux, il était beaucoup pour moi et sa mort m'a anéantie oui, mais il n'était pas mon amant si tu veux savoir ce détail !

Sa mère la regarda, la laissant poursuivre, effarée de comprendre combien sa fille avait changé, combien elle était marquée par toutes ces années passées sur le front. Sans doute avait-elle vécu jusque-là dans une sorte de déni confortable.

— Sa mort en fait, a été le truc de trop tu vois… J'espérais tant le retrouver, pouvoir lui dire… Il aurait compris, j'en suis certaine…

— Lui dire quoi ?

La jeune fille soupira, laissant son regard se perdre au-dessus de l'océan, avant de poursuivre.

— Es-tu déjà tombée amoureuse d'une personne, tout en sachant que c'est la dernière des choses sensée à faire ?

— Non, enfin si on oublie un crétin au collège ! Tu es tombée amoureuse de Folder ?

— Mais non ! Tu fais une fixation sur lui !

— Je ne comprends pas…

— Je sais… Écoute maman, je dois te le dire, tant pis de ce que tu penseras de moi ensuite, je dois le dire, ça m'étouffe, tu sais.

— Mais dire quoi ? Tu me fais peur Soso !

— Tu sais sur la montagne, je n'étais pas seule…

Stupéfaite, sa mère la dévisagea la bouche ouverte :

— Quoi ?

— Non… Il était là. Si cela avait été n'importe qui d'autre, tout aurait été différent, mais c'était lui…

— Qui ? Qui donc ?

— Ma première cible maman, l'homme sur qui j'ai pointé mon fusil pour la première fois, celui qui a hanté mes nuits depuis ce jour-là…

— Il n'était pas mort ?

— Non, c'est bien toute l'ironie ! Je l'ai raté ! Et lui, de son côté, avait juré de m'avoir, il a réussi puisqu'il m'a capturée avec ses commandos… Et puis il y a eu le crash et il a fallu survivre…

Sa mère étouffa un cri.

— Ne me dis pas que…

— Si, nous sommes tombés amoureux l'un de l'autre… On ne l'a ni cherché ni voulu, c'est arrivé. Peut-être parce qu'on était déjà si obnubilé l'un par l'autre, peut-être à cause de la tension due à la survie, à notre promiscuité, je n'ai pas d'explications logiques ou rationnelles à te fournir, tout ce que je sais c'est que c'est arrivé. C'est lui qui m'a sauvé la vie lorsque je suis tombée dans ce piège à loup. Sans lui je serais morte.

— Qu'est-ce qu'il est devenu ?

Solveig haussa une épaule, avant de lâcher d'une voix pleine de tristesse :

— Il est reparti vers son camp, que voulais-tu qu'il fasse ?

Puis elle ajouta, un ton plus bas :

— Et maintenant, dans chaque soldat que je vise, c'est lui que je vois…

Effarée, sa mère ne chercha même pas à juger du bien ou du mal, elle était à des années-lumière de telles pensées ! Tout ce qu'elle voyait c'était sa détresse, rien d'autre. Horrifiée par ce qu'elle subissait, par les déchirements de ses sentiments, elle la prit entre ses bras, et la serra contre elle, comme lorsqu'elle était encore cette petite fille rieuse, il y a de ça si peu de temps encore…

Après s'être confiée à sa mère, Solveig eut l'impression de mieux respirer, même si rien ne pouvait changer la situation. En partageant son secret, c'était néanmoins un peu de son fardeau qu'elle confiait. Les semaines qu'elle passa dans sa famille, lui permirent de reprendre des forces, de percevoir la situation sous un angle moins tragique, même si elle l'était indéniablement.

Elle put prendre le temps de réfléchir à qui elle était, ce qu'elle pouvait faire pour son pays puisqu'il s'avérait qu'elle serait incapable de tirer sur le moindre soldat portant un uniforme gris ! Sa cheville fragile, qui la faisait boiter, fut le prétexte idéal afin que, au cours d'une discussion avec le psychologue chargé de son suivi, elle avance une solution.

C'est ainsi que, quelques semaines plus tard, elle se trouvait dans un abri d'observation construit à l'orée d'une parcelle couverte de broussailles, armée de jumelles, en train de scruter le terrain devant elle. Sur un carnet, elle prenait des notes d'une écriture précise, avant de se redresser et crier.

— C'est bon, les gars, exercice terminé !

Disséminés dans toute la zone, une vingtaine de futurs tireurs d'élite se redressèrent, appréhendant déjà le retour qu'ils auraient sur leur camouflage. Solveig descendit, son carnet à la main, attendant qu'ils la rejoignent. Ils se fixèrent devant elle, couverts de feuilles et de diverses lanières en jute capables de les cacher.

La jeune femme les considéra d'un œil tout sauf amène.

— Ça fait quatre mois que vous êtes là et vous n'avez pas encore saisi la plus petite notion de camouflage ! La prochaine fois, messieurs, je prendrai une carabine à plomb et peut-être réaliserez-vous l'importance de savoir se dissimuler ! Vous croyez que savoir tirer juste est suffisant, détrompez-vous, savoir viser est simplement la base. Rompez ! Je vous retrouve en salle de débriefing.

Les soldats saluèrent d'un même mouvement avant de partir au pas de course vers des bâtiments qu'on pouvait apercevoir plus loin. Solveig refréna un sourire de bonne humeur en les suivant du regard.

« Allons » songea-t-elle « Ils ne sont pas si nuls et en les secouant un peu ils feront de bons tireurs d'élite ».

Elle leva son visage vers le ciel, limpide, se demandant sans pouvoir s'en empêcher où était Lev : que faisait-il ? Comment allait-il ? Ces questions sans réponse, elle les portait en elle depuis ce jour où le bus cahotant l'avait emportée. Sans doute l'accompagneraient-elles, compagnes muettes et prégnantes, jusqu'à sa tombe… Elle s'efforça de les chasser, veillant à ne garder que l'image de Lev, de son sourire souvent moqueur et de son regard tendre. Un papillon se posa sur son bloc-notes, parut hésiter, avant de repartir à la recherche de fleurs à butiner. Elle l'observa une seconde puis se décida à rejoindre la base. Les hommes devaient déjà l'attendre.

Tandis qu'elle marchait, boitant encore de manière imperceptible, elle réalisa qu'elle avait de la chance, malgré tout. Au vu de son état de santé, la recommandation des médecins avait été de lui trouver un poste à l'arrière. Ainsi, depuis quelques semaines était-elle devenue sergent instructeur, spécialiste en camouflage, à l'école de formation des tireurs d'élite. C'était pour elle un double soulagement : celui de ne plus avoir à imaginer tirer une nouvelle fois sur Lev, ainsi que celui de savoir qu'elle continuait à aider sa nation, malgré tout.

Sans doute n'était-ce pas ce dont elle aurait rêvé, mais dans la situation présente, c'était le mieux qu'elle pouvait souhaiter.

CHAPITRE 25

Des sentiments si chers

Assise bien droite sur la banquette en cuir, Solveig ne perdait pas une miette du paysage qui défilait sous ses yeux. Ces plaines, qui s'étiraient à l'infini sous les rails du train, lui étaient un spectacle si étonnant, qu'elle ne pouvait en détacher son regard. Dans le compartiment, un couple discutait à mi-voix, en Vikmundien. Elle saisissait quelques bribes de phrases, sans pourtant y accorder d'importance. Elle tentait d'imaginer ce qui se passerait lorsqu'elle serait parvenue à destination, envisageant tous les scénarios possibles, même les pires.

Soudain, l'homme l'interpella :

— Pardonnez ma curiosité, mais vous voyagez seule, Madame ?

Solveig hésita entre éclater de rire ou le frapper, mais elle devait se faire à l'idée qu'ici, elle serait à chaque instant heurtée par les différences culturelles. Alors, d'un ton uni, elle répondit tout en lissant un pli de sa longue jupe en velours grenat.

— Mademoiselle ! Je descends au terminus, je ne vais pas me perdre…

— Euh, oui, en effet… Cependant des rencontres mal séantes peuvent survenir à la faveur d'un tel voyage…

Elle réprima un gloussement. Si ce brave homme savait qui elle était et combien de rencontres s'étaient mal terminées pour celui d'en face ! Enfin, à sa décharge, il ne pouvait le deviner. Il ne voyait que la surface des apparences qui lui montrait une mince jeune femme, à la beauté délicate de poupée de porcelaine.

— Ne vous en faites pas pour moi…

— C'est que nous avons une fille de votre âge, expliqua alors la femme d'une voix douce, empreinte d'inquiétude.

— Je comprends. Ma mère est toujours folle d'angoisse pour moi ! Mais c'est inutile, tout va bien se passer.

— Il est certain que les mamans imaginent toujours le pire, approuva la quadragénaire dans un bon sourire.

Son mari tapota sa main avec gentillesse, dévoilant par ce geste de tendresse banale, une longue vie passée à se soutenir et, sans doute, à s'aimer. Une boule remonta dans la gorge de Solveig. Elle détourna le regard. Auraient-ils un jour cette chance de pouvoir vieillir ensemble, Lev et elle ? Elle l'ignorait, de toute façon elle ne savait même pas s'il était seulement vivant… Elle refoula une larme, s'efforçant de maîtriser ses émotions.

— Enfin, lança l'homme d'un ton réjoui : avec cet armistice on va pouvoir concentrer nos effectifs sur le front du sud, et non plus perdre notre temps avec ces barbares du Nord. C'est déjà ça !

Oui, l'armistice, ce mot faisait chanter son cœur d'espoir. Elle renvoya un court sourire au brave homme. En même temps, l'expression « barbare du Nord » manqua la faire s'étouffer de rire. Par chance, elle avait acquis au cours du temps, une longue maîtrise d'elle-même. Pourtant que diraient-ils, s'ils savaient qui elle était en réalité ?

Il avait fallu deux longues et interminables années supplémentaires après qu'elle était revenue du Biscantin, afin que chacun des deux partis réalise l'inanité d'une telle tuerie. Le Vikmund était de surcroît attaqué sur son flanc sud par les armées royales du Regno Della Costa. Regrouper ses forces sur un seul front semblait la meilleure des stratégies dans cette débâcle. L'armistice tant attendu par les peuples du continent, réclamé depuis cinq ans, avait enfin été signé. La raison en avait été assez simple : s'unir contre un ennemi commun. Ceux qui avaient envahi puis occupé les riches terres de la région du Zlatno dont la famille de Lev était originaire, étaient les mêmes qui, à la chute de la royauté du Nord, avaient tenté de profiter de ce moment de faiblesse afin d'attaquer le pays. Une guerre, inégale et sanglante, avait alors secoué tout le Snofjell, qui en était cependant ressorti vainqueur, mais marqué. Plus de cent ans après, la haine envers le Regno della Costa était encore vive.

Le parlement avait appelé chaque personne à mettre de côté ses légitimes griefs et s'accorder sur un fait : l'ennemi de mon ennemi est mon ami. Chacun avait alors été appelé à s'interroger et se demander quel soutien il pourrait apporter dans ce nouveau conflit. Une entière liberté avait été laissée à ceux qui souhaitaient se porter volontaires ou pas, auprès de l'armée du Vikmund. Passer de l'état d'ennemis à alliés, du jour au lendemain, était un pas difficile à franchir après toutes ces années de souffrances. Certains pouvaient aller outre, pour d'autres c'était impossible, c'est pourquoi chacun fut laissé face à ses choix personnels, sans jugement.

C'était pourquoi aussi, Solveig était là, dans ce train, subjuguée par des paysages aux antipodes de ceux qu'elle connaissait.

La locomotive ralentit dans un chuintement avant de stopper devant un quai, déjà bondé. Solveig se leva, le cœur battant. Elle se mit sur la pointe des pieds afin d'attraper sa valise posée dans le porte-bagages, cependant le voyageur fut plus rapide qu'elle. Il la lui descendit tout en disant avec un brin d'inquiétude :

— Voici votre valise, Mademoiselle, allez-vous pouvoir vous débrouiller ? Nous sommes à Alenkabor, c'est une grande ville pour une femme seule…

Solveig se mordit les lèvres pour ne pas éclater de rire. S'il avait su ce que contenait son bagage, il n'aurait jamais posé une telle question et serait plutôt parti en courant ! Si danger il y avait, il venait d'elle, pas des habitants de cette ville !

Elle préféra toutefois lui retourner un court sourire en répondant :

— Ne vous en faites pas, j'ai une adresse, et puis je dois retrouver quelqu'un. Merci pour votre sollicitude, et faites aussi attention à vous !

Sa valise à la main, elle descendit sur le quai, un peu perdue et pourtant décidée.

CHAPITRE 26

À nos âmes guerrières :

Son papier serré dans une main et sa valise dans l'autre, elle prit une profonde inspiration avant de pousser une lourde porte en bois sombre. Elle pénétra dans un hall. Au fond, se trouvait un bureau sur lequel écrivait un homme en uniforme gris. Ignorant les personnes assises sur les bancs disséminés le long des murs, elle s'avança vers le bureau, la tête haute.

Elle se planta devant, sans se préoccuper des gens qui la fixaient d'un œil rond. Le sous-officier daigna enfin relever la tête, ce fut pour rester, une seconde interloqué. Sans même lui laisser le temps de s'exprimer, il assena d'un ton abrupt :

— Pour les militaires disparus, ce n'est pas ici ! Vous vous êtes trompée de bâtiment, Mademoiselle !

Carrant les épaules, Solveig posa sa valise à ses pieds, avant de le toiser.

— Je sais parfaitement où je suis et c'est afin de m'engager que je suis là.

Il sursauta avant de ricaner :

— Retourne chez ta mère, fillette, et trouve-toi un fiancé, ça t'occupera…

— Je suis le sergent Solveig Osbern, et je viens proposer mes services à votre armée…

En même temps qu'elle prononçait ces mots, elle sortit de la poche intérieure de sa veste en drap noir, qu'elle portait sur une longue jupe en velours rouge, sa carte d'identité militaire délivrée par les autorités du Snofjell. Elle la posa sur le bureau, sous le nez du préposé grincheux.

Il jeta un bref coup d'œil à la carte militaire, un nouveau à la jeune femme qui se tenait devant lui, pâlissant tout à coup.

— Vous êtes l'ange de la mort... C'est impossible !

— Je suis le sergent Osbern, tireur d'élite de l'armée du Nord et, conformément aux directives données par mon pays, je viens vous prêter main-forte.

Il souffla un grand coup, outré, effrayé, on ne savait quelle émotion prenait le pas sur l'autre.

— Nous ne sommes pas des barbares, nulle femme ne combat dans notre armée !

— Ce n'est pas avec toi, soldat, que je suis venue discuter. Conduis-moi à ton supérieur, tout de suite !

Il la toisa une fraction de seconde, croisa son regard clair, décidé, dans lequel flottait un éclat si dangereux qu'il opina, préférant se débarrasser d'elle à bon compte !

— Suivez-moi...

Il la précéda dans un couloir, s'arrêta devant une porte sur laquelle il toqua. Une voix forte lui indiqua d'entrer. En deux pas il vint se planter au garde à vous devant le bureau, surchargé de dossiers, d'un officier reconnaissable au col à liseré rouge de son uniforme.

— Mon colonel, j'ai ici une recrue que vous devez voir…

L'officier lui fit signe de la faire entrer. Il resta un instant sidéré en apercevant une mince jeune femme se planter au milieu de son bureau, dans un garde à vous parfait. Son subalterne lui tendit une carte d'identité militaire et le nom qu'il lut le fit pâlir. D'un geste, il congédia le sous-officier, avant de reporter son attention sur la jeune nordiste, debout sur le tapis qui recouvrait une partie du carrelage.

— Sergent Osbern… vraiment ?

— Affirmatif, colonel !

D'un geste elle ouvrit sa valise, en sortit plusieurs pièces qu'elle posa sur le bureau.

— Voici mon fusil, si tu doutes de mon identité !

Effaré, son regard allait de l'arme, en partie démontée, à la frêle jeune femme au teint pâle de poupée. Il déglutit avec peine, avant de gronder d'un ton sec :

— Écoutez sergent, notre armée n'a pas de femme dans ses rangs, vous aller devoir retourner chez vous.

Solveig réprima un soupir d'agacement. Elle renvoya plutôt un sourire sarcastique à l'officier, avant de remarquer :

— Ah oui ? Et depuis quand vous n'avez pas d'infirmières, de secrétaires et d'auxiliaires militaires ?

Décontenancé, il balbutia vaguement, cependant qu'elle poursuivait d'un ton sec :

— Tu sais qui je suis, tu connais mes capacités et aujourd'hui, au vu de la situation, tu n'as pas le loisir de refuser mes compétences, et tu le sais. Ma seule condition, c'est que je sois affectée sous les ordres du major Lev Dak Susak, du 1er bataillon de commandos. C'est à prendre ou à laisser.

— Quoi ? Vous posez en plus vos exigences ! C'est insensé !

— C'est la guerre qui est insensée ! Pas moi !

Ils se toisèrent une seconde, avant que l'officier, pinçant les lèvres, ne saisisse le téléphone et ne jette brièvement quelques mots. D'un geste, il l'invita à s'asseoir sur la chaise lui faisant face. Après quelques minutes et plusieurs coups de téléphone, qui parurent durer des heures à Solveig, il releva la tête et lui lança :

— Cet officier n'est plus major…

En entendant ces mots, son cœur vacilla comme elle s'était interdit de le faire durant ces deux dernières années. Lev était mort ?!

Sans se préoccuper ou même remarquer sa brusque pâleur, il poursuivit :

— Il est à présent commandant en charge de son bataillon. Il se trouve actuellement sur le front du Zlatno.

Elle sentit ses jambes mollir, tandis qu'une vague la submergeait. Lev était vivant. Vivant. Elle n'écouta pas la suite de ce que l'officier lui disait. Rien d'autre n'avait d'importance. Lev était vivant !

CHAPITRE 27

La paix dans toute sa lumière...

Le camion tressautait sur le chemin défoncé. Plus il avançait, plus le bruit sourd des canonnades se faisait prégnant. À l'arrière, les soldats, nouvelles recrues à l'uniforme encore raide d'amidonnage, se lançaient des coups d'œil effarés dans lesquels leurs ricanements goguenards ne cachaient pas leur peur. Enfin le véhicule stoppa dans un ample soupir. Un sous-officier surgit, leur beuglant de descendre. Sautant au sol, dans une poussière gluante, ils furent aussitôt abasourdis par les bruits sourds des obus et ceux, stridents, des missiles qui zébraient le ciel. Ils n'eurent toutefois pas le temps de s'effrayer davantage. Un sous-officier leur fit signe de récupérer leur barda et de le suivre, au pas de course.

Ils furent finalement alignés en bon ordre, leur sac à leurs pieds. Ils tentèrent de se maîtriser et d'offrir un visage le plus martial possible, malgré la tension qui les animait et le sang qui battait à leurs tempes. L'un d'entre eux ne parvenait pourtant pas à réprimer un sourire qui se reflétait dans son regard clair. Le sergent passa devant eux, stoppa une fraction de seconde devant le soldat, remarqua son étrange fusil tenu en bandoulière, serra les dents et ne dit rien. Il se détourna tandis qu'un officier à la casquette à liseré rouge et or, se campait devant ses renforts tout frais, les examinant d'un air pensif. Un vent printanier, porteur de fragrances fleuries, mêlées à celles de la terre éventrée et de la chair en décomposition, effleura son visage, sans cependant le faire frémir. Le soldat souriant, sous-officier à la corpulence étonnamment insignifiante, sortit d'un pas du rang. Il salua d'une manière qui ne correspondait pas à cette armée, tandis que le vent soulevait des mèches blondes, échappées d'une longue tresse.

Le commandant fronça les sourcils, alors que la nouvelle recrue s'exclamait d'un ton vibrant d'émotions multiples :

— Sergent Solveig Osbern, tireur d'élite, à tes ordres, commandant !

Incrédule, il la dévisagea, n'osant y croire. Que faisait-elle là, en uniforme gris ? Il plongea ses yeux dans les siens, pleins de larmes qu'elle s'efforçait pourtant de maîtriser.

— Solveig…

Elle hocha la tête, se perdant dans son regard de printemps, le cœur cognant si fort qu'elle croyait s'évanouir. Après toutes ces années, il était là, plus grand et plus beau que dans ses souvenirs.

— Solveig, répéta-t-il tandis qu'il tendait une main vers elle, hésitant à y croire, se pensant fou.

Il effleura son visage, essuyant une larme qui débordait et roulait sur sa joue alors qu'elle pleurait et riait en même temps. Puis, oublieux de tout le reste, il la prit dans ses bras, retrouvant la douceur de son corps gracile, son odeur délicate et la tendresse de ses lèvres sur les siennes.

Ils ne savaient pas combien de temps durerait ce nouveau conflit, mais peu importait ! Ils étaient ensemble, côte à côte sous un même uniforme et, après tout, rien d'autre ne comptait…

EPILOGUE

Alors le printemps sera là !

Le conflit entre la République du Vikmund et le Regno della Costa dura six ans, jusqu'à l'abdication du Roi Enrico IV. La famille royale fut destituée, le royaume placé sous un protectorat partagé entre le Vikmund et le Snofjell.

C'est à la suite de ces deux guerres, que le Vikmund devint une fédération répartie en Provinces, tels que le Biscantin et le Zlatno.

Un traité de paix fut signé entre le Snofjell et la République du Vikmund. La Fédération accepta de verser de lourds dédommagements financiers, tandis que des accords commerciaux étaient mis en place et honorés.

Une paix durable s'installa sur le continent.

Prague, mars 2020

UN JOUR LE PRINTEMPS REVIENDRA

Isabelle Morot-Sir

Cors sonnants sur les terres,
Foulant les primevères,
Franchissant les frontières,
Dans un halo de poussière
Ainsi s'en vont les militaires,
Droit vers la mort et la guerre.

Mais un jour le printemps reviendra…

Pleurant des nuits entières
Alors que volent les bannières,
Ainsi sanglotent les mères
Restées dans leurs chaumières,
Inondant de prières
Les Dieux crépusculaires…

Mais un jour le printemps reviendra…

Le sang s'écoule de leur chair
Tandis que ces héros éphémères
S'en vont vers les enfers.
Les heures ne sont que meurtrières
Alors que pour une chimère
Ils vont rejoindre les cimetières.

Mais un jour le printemps reviendra…

Il n'y aura plus d'adversaire
La terre sera un sanctuaire
Où pousseront, telles les roses trémières,
Des sentiments si chers
À nos âmes guerrières :
La paix dans toute sa lumière…

Alors le printemps sera là !

CARTE

Situation politique au début du récit

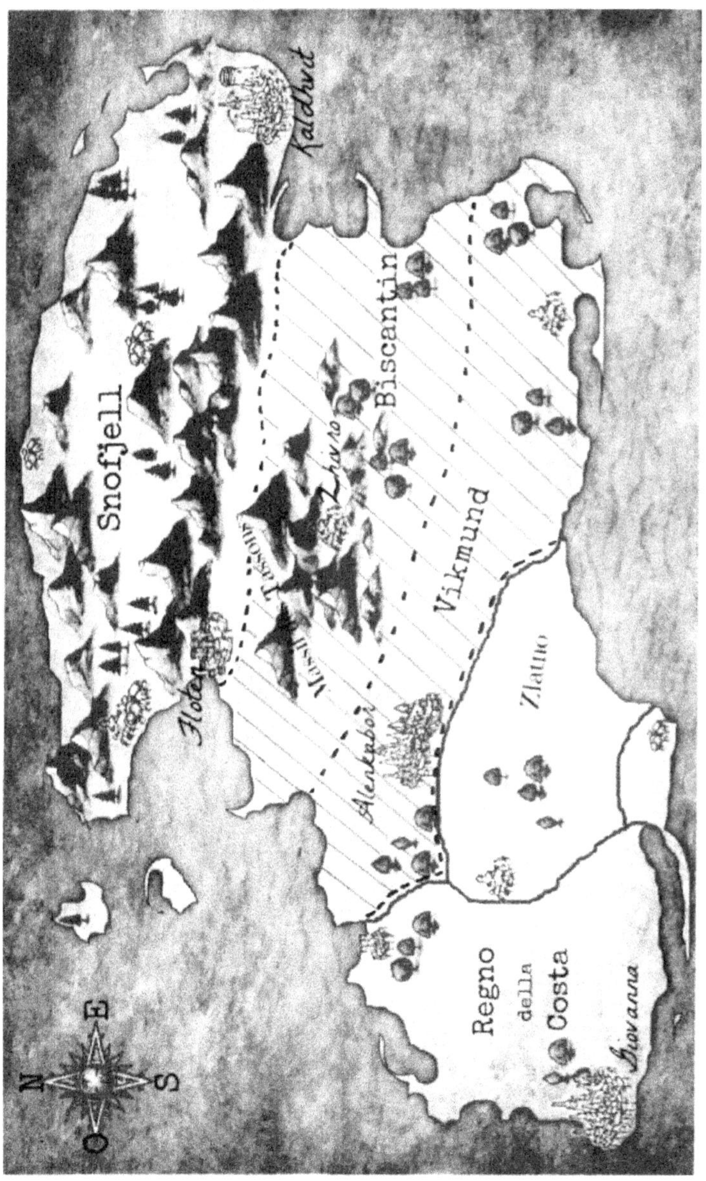

QUELQUES MOTS

75 ans nous séparent des atrocités de la Seconde Guerre mondiale, pourtant rien ne semble avoir changé : les conflits sanglants parcourent notre monde telles des traînées de feu et de sang. Comment réaliser que toute guerre est une aberration ? Une ineptie ?

C'est en m'inspirant des faits, iniques, de cette guerre, que j'ai écrit cette dystopie. Ce n'était pourtant pas le seul sujet que je souhaitais aborder. Mettre dans cette histoire, toute la répugnance de la guerre, allait de soi en quelque sorte, tout comme mettre en avant un système économique un brin utopique, et plus à l'écoute de l'humain. En effet ce roman est avant tout tourné vers notre humanité : que voulons-nous en faire ?

REMERCIEMENTS

Ce roman se termine, il est temps de venir remercier tous ceux qui m'ont inconditionnellement soutenue durant toute sa conception, de la première idée, vacillante, à son écriture puis à sa finalisation.

J'ai écrit ce roman sur quelques semaines de parenthèses, aussi je voudrais avant tout remercier mon chéri qui m'a permis de m'immerger des jours durant dans le flot de cette histoire. Il me supporte depuis si longtemps que je ne sais même pas comment il fait !

Merci aussi au reste de ma famille qui est là, m'entoure, me tarabuste, m'agace et me fait rire. Mon Toto toujours le premier pour me donner une idée ou me déconcentrer, ma maman qui est la reine du dézingage des fautes d'orthographe, mon Gregor dont les babines pleines de ronflements, bercent mes phrases… Les autres poilus, mes chats en tête, qui se précipitent afin d'inventer de nouveaux mots en prenant d'assaut le clavier de mon PC.

Des milliers de mercis à Jeanne qui, debout face aux turbulences de mes phrases, reste aussi sereine que possible… et je vous affirme que de la constance, il en faut !

Un énorme MERCI à Isabel Komorebi qui a une nouvelle fois relevé le défi de réaliser une couverture en ayant carte blanche. Le résultat est une fois encore, incroyable, même si c'est au prix de la perte de quelques cheveux… peut-être repousseront-ils avant le prochain projet !

Bien sûr il y a aussi les copains auteurs sans qui la vie serait bien trop morne, les copines blogueuses toujours présentes pour rire ou dévorer un bouquin et, bien évidemment, vous, lecteurs irréductibles ! Sans vous, les auteurs ne seraient pas grand-chose, nos histoires ne seraient rien de plus que des mots dans le vent. C'est vous qui leur donnez toute leur réalité et leur dimension, alors merci d'être là, de nous soutenir, de croire en nous et en nos personnages…

MERCI

Comme vous le savez (ou pas !) vous pouvez retrouver tous mes écrits sur mon site auteure :

https://www.isabelle-morot-sir.com

Avant de vous laisser, encore un mot : n'hésitez pas à mettre des commentaires sur diverses plateformes en ligne (Babelio, Amazon, etc.) en effet parler d'un livre c'est le soutenir, c'est encourager un auteur que croire en lui et c'est aussi contribuer à la pluralité éditoriale.

Alors n'hésitez pas : commentez !

Merci d'avance 

MENTIONS LEGALES

Isabelle Morot-Sir
République Tchèque
Couverture : Isabel Komorebi
Mise en page : Jeanne Sélène
Font : armalite, CCO et Arial
ISBN : 979-10-96202-82-9

www.ingramcontent.com/pod-product-compliance
Lightning Source LLC
Chambersburg PA
CBHW050507160726
48003CB00001B/203